Erinnerungen – einer besseren Zukunft wegen

Max Bräutigam

Erinnerungen –
einer besseren Zukunft wegen

Bibliographische Information der
Deutschen Nationalbibliothek
Die deutsche Nationalbibliothek verzeichnet dieses
Publikation in der Deutschen Nationalbibliografie;
detaillierte bibliografische Daten sind im Internet
über: //dnb.d-nb.de abrufbar.

Copyright: Max Bräutigam, München/Seeon 2013
Text- und Umschlaggestaltung: Max Bräutigam, Seeon
Umschlagfoto: Stadtarchiv München
Buchcover Foto: München, Sonnenstraße,
etwa zwei Jahre nach Kriegsende
Fotobearbeitung: Fa. Gastager, Traunreut
Satz, Umschlaggestaltung, Herstellung und Verlag:
Books on Demand GmbH, Norderstedt
ISBN 978-3-8482-3924-5
Ausgabe 1

Autor

Max Bräutigam wurde 1939 in München geboren. Nach Volksschule, Handwerkerlehre, zweitem Bildungsweg, Maschinenbau-
studium ein sehr interessantes und vielseitiges Arbeitsleben im An-
lagen- und Apparatebau. Seit einigen Jahren im „Ruhestand", lebt
er abwechselnd im Chiemgau und in München. Kultur, Technik
und Gesellschaft sind seine Schwerpunkte in geselliger Diskussion.

In der Kindheit in der Umgebung von Ruinen und Schutt in den
Kriegs- und Nachkriegsjahren im Zentrum der Stadt München aufgewachsen. Der Vater am Ende des Krieges gefallen – die Mutter
mit zwei Kindern bewältigte den Alltag.

Die Biographie des Autors ist in seiner Trilogie „Des bin I" mit
den Titeln: „Es war überwiegend heiter", „Eine etwas andere Be-
trachtungsweise" und „Fragen, die sich stellen – mein eigenes
Interview" beschrieben.

**Nach der Zerstörung
ist vor der Zerstörung**

Widmung an meine Enkel Amelie, Charlotta, Felix und Filippa

Amelie und Felix sind im Abstand von drei Jahren, Charlotta und Filippa ebenfalls und die vier in Reihe sind im Abstand von etwa einem Jahr geboren. Als das älteste Enkelkind drei Jahre war, erwachten bei mir Erinnerungen an diese Zeit, ich versuchte, diese abzurufen. Wie war es bei mir in diesem Alter, wie war der Alltag, wie war es zu Hause, im Sommer und im Winter?

Inhalt

Vorwort

Vorab eine Ergänzung zum Titel „Erinnerungen – für ein besseres Leben". Es soll nicht heißen, bitte noch mehr Kaviar, sondern, wie können wir den Frieden sichern?

Es war vorgesehen, dass dieser Text in Ergänzung zum Bildband „Ruinen-Jahre", herausgegeben von Richard Bauer, dem langjährigen Leiter des Stadtarchivs in München, ausgehändigt werden kann. Dies ist leider nicht möglich. Dieses Buch ist vergriffen und wird voraussichtlich nicht wieder neu aufgelegt – dies ist sehr bedauerlich!

Die beschriebenen Erlebnisse und die eindrucksvollen Fotos vermitteln ein Gesamtbild. Die Fotografien beginnen zu sprechen. Die Fotos zeigen die Straßenszenen, nachdem der Schutt bereits geräumt war. Bilder in den Stunden und Tagen der Zerstörung sind ausgenommen.

Ein Rückblick soll es sein und dabei soll die Veränderlichkeit der Bewertungen von prägenden Erlebnissen aus eigener Erfahrung und eigenem Erleben aufgezeigt werden. Es soll aber auch aufzeigen, wie wichtig frühe eigene Erlebnisse und Erfahrungen für den weiteren Weg und den Umgang mit Gefahren sind.

Eine Reportage-Literatur soll es werden, wobei Subjekt und Objekt in einer Person eingebracht werden – ähnlich wie in meinem Buch „Fragen, die sich stellen – mein eigenes Interview".

Meine Kindheit ist in meinem ersten Buch „Es war überwiegend heiter" bereits kurz beschrieben. Dennoch werde ich manche Szenen nochmals aufführen, um so dem Leser auch die gesamte Situation stimmig zu vermitteln.

In der Welt ist alles eine Frage des Maßstabes, alles ist relativ, so auch die Bewertung der beschriebenen Erlebnisse.

Ich bin erschüttert, begeistert, fassungslos zugleich, was sich seit meiner Geburt in den mehr als sieben Jahrzehnten verändert hat. Nun, danach kann man bei Interesse unterhaltsam in der Bibliothek stöbern, nachlesen und auch Filme ansehen.

Ich will es meinen Kindern, besonders meinen Enkeln in einem Vis-à-vis erzählen. Primär den Enkeln, denn aus eigener Beobachtung sind sie die besseren Zuhörer. Die Eltern sind voll im Alltag und werden vermutlich erst später daran Interesse zeigen.

Der Reiz dieser Niederschrift ist, zu erfahren, wie die Erinnerungen wieder lebendig werden und wie diese sich hier mit denen meiner älteren Schwester schrittweise zu einem relativ geschlossenen Bild fügen und ergänzen.

Den Auftrag für diese Niederschrift habe ich mir selbst erteilt. Diese soll bei meinen Enkeln, Kindern, Freunden und allen interessierten Lesern in Ergänzung zu den Geschichtsbüchern und Dokumentationen als persönliches Erlebnis hinzugefügt werden. Es werden überwiegend beobachtete Details beschrieben, die aber auch teilweise mit heutigen Bewertungen beleuchtet werden.

Die Struktur für diese Niederschrift ist zunächst konzentrischen Kreise vergleichbar, die sich nach einem Steinwurf in ein stilles Wasser nach allen Seiten ausbreiten. Der große Wurf war natürlich meine Geburt (als mich der Herrgott schuf). Je weiter zurückliegend, umso detaillierter die Beschreibung – so mein Ansinnen. Die Erlebnisse vom Opa für die Nachkommenschaft erzählt, sind lebendiger als die Infos aus einem Lesebuch. Es sind die Szenen des Alltags die den Stoff liefern – auch in schwierigster Zeit hat das Leben einen Alltag.

Bei der Niederschrift der Situationen, der Ereignisse und Eindrücke hatte noch die Entscheidung angestanden, zwischen Erinnerung und der sich ständig wiederholenden Erzählung zu unterscheiden. Die Grenzen sind und bleiben aber unscharf.

Das Buch hätte ich auch mit „Frühe Erfahrungen und Prägungen" überschreiben können. Dieser Titel hätte mein ständiges Thema getroffen, da aus meiner Beobachtung in den letzten Jahrzehnten überwiegend nur noch Lehrstoff vermittelt und Verordnungen produziert werden und dabei die „erlebte Physik" vernachlässigt wird. Mein Leitsatz hingegen lautet, dass das Wissen erst durch Erfahrung brauchbar wird.

Die Erzählungen aus der frühen Zeit, den Anfängen der Erinnerung, sind besonders reizvoll, da die Bewertungen im Vergleich zu denen aus der Gegenwart entweder ein Schmunzeln, überwiegend aber ein Kopfschütteln erzeugen. Diese Stimmung, die erlebte Vergangenheit besonders der Vierzigerjahre und im Vergleich die Beobachtung der Gegenwart führt zu Unverständnis. Wie können die Personen, die dieses Desaster der Vierzigerjahre, diesen Weltuntergang, diese Apokalypse überstanden haben, die heute in der Rolle der Großeltern sind, eine Gesellschaft aufbauen, bei der nur noch Gier, Anspruchsdenken und Schuldzuweisung das Leben bestimmen und diese Lebensform den Kindern als Vorlage präsentieren. Eine große Chance wurde vergeben. Die Freude an der eigenverantwortlichen Gestaltung seines Lebens wurde nur von Einzelnen als persönliches Leitmotiv umgesetzt. So versteht sich auch das Ergebnis dieser Veränderung in der Bewertung, dass nun Deutschland eine der reichsten Nationen auf dieser Erde ist, aber bei der Bevölkerung die Zufriedenheit im Vergleich mit anderen Ländern auf dieser Welt auf Rang 37 eingeordnet wird.

Fürs Erste eine großartige Leistung – aber letztlich: Ziel verfehlt!

Der Titel wurde letztlich zu „Erinnerungen – einer besseren Zukunft wegen" fixiert. Damit ist auch das Ziel verbunden, die veränderte Bewertung sozialer Sicherheit und deren Gesetze zu beleuchten.

Einen besonderen Dank gilt meiner Schwester, die in vielen Gesprächen mit vielen Fragen belastet wurde.

Diese Niederschrift werte ich als Denk-mal an die Eltern.

Die Einleitung

Bilder der Erinnerung wurden aufgerufen, Szenen rekonstruiert, Zeitzeugen hinterfragt, Fotoalben aus dem Schrank geholt und begleitende Literatur aus dem Bücherschrank vorgelegt. Gelegenheiten wurden genutzt, sowohl bei den Treffen mit Gleichaltrigen als auch bei der Recherche zu meinem ersten Buch. Im Stadtarchiv sammelte sich einiges an Bildern, Schilderungen und Bemerkungen an. Ich begann mit der Niederschrift meiner Erinnerungen, als der Krieg schon im vollen Gange war – Stalingrad im Winter 1942/43 und ich nahezu vier Jahre war – ein Alter, in dem biologisch die ersten Bilder gespeichert werden können. Zu der Zeit kam der Krieg von allen Seiten nach Deutschland. Nun, die Schilderung und die Wiedergabe der Erinnerung und gleichzeitig die Beobachtung der Heranwachsenden, der Enkel und deren soziales und wirtschaftliches Umfeld forderten mehr und mehr Aufmerksamkeit.

Die Niederschrift beginnt mit den frühesten Erinnerungen, die etwa auf das Alter von drei bis vier Jahren zurückgehen. Es wird gleich zu Beginn aus zwei Gründen schwierig, zum einen, was ist davon wahr und was resultiert aus den sich ständig wiederholenden Erzählungen? Zum anderen, war alles vom Dialekt geprägt. Dieser ist ausdrucksvoll in der Aussprache und in der unterstützenden Gestik und Mimik, jedoch für den Dialekt existiert keine Schreibschrift, bestenfalls eine internationale Lautschrift.

Erinnerung ist bei uns Menschen ein sehr komplexer und komplizierter Vorgang, der auch geübt werden kann. Auch Säugetiere verfügen über ein Erinnerungsvermögen. Erinnerungen sind primär auf Erfahrungen begründet und sichern so die Arterhaltung. Bei uns Menschen hat es sich in den letzten Jahrzehnten etwas anders entwickelt. Ursache ist die rasante Entwicklung der Kommunikationstechnik und deren Konsum. Man hört und sieht, nimmt aber das Geschehen nicht wahr – es verfliegt. Abhilfe ist bereits eingeleitet – die Bilder und die Töne werden deshalb schockierender dargeboten, bis eine weitere Steigerung erforderlich ist. Natürlicher und effektiver ist es, sein Gehirn bereits als Kind in klaren und ausbaufähigen Strukturen aufzubauen und dann die einzelnen Felder mit Wissen und Erfahrung zu füttern.

Im vorliegenden Fall ist es schwierig, denn diese meine Erinnerungen liegen so weit zurück, dass der geneigte Leser es nur glauben, nicht aber mit seinen eigenen Erlebnissen verknüpfen kann.

Jedoch erscheint es mir wichtig, dass die Erlebnisse, wie ich sie aus der Erinnerung darlege, nicht verlorengehen. Es war eine bittere Realität, deren Wiederholung es zu vermeiden gilt.

Vielleicht hilft es auch, die Nachrichten zu verstehen – nicht nur die Meldung aufzunehmen. Aktuell die Szenen in Syrien. Selbst sehr gravierende auch erschütternde Nachrichten und Bilder werden nicht länger als drei Tage nacheinander gemeldet – dann Szenenwechsel. Spätestens am vierten Tag weiß keiner mehr von diesem Geschehen.

Die Diskussion über den Wert und die Gestaltung des Geschichtsunterrichts ist überflüssig geworden. Es wird scheinheilig der Stellenwert hochgehalten, gesellschaftlich werden aber nur Zahlen vermittelt, denn diese sind in den Prüfungen eindeutig zu bewerten.

Anfang der Sechzigerjahre, damals als jugendlicher Draufgänger, war ich in den Wüsten Nordafrikas unterwegs. Tief beeindruckt von diesen Landschaften, die auch die großen monotheistischen Glauben prägten, stellte sich mir die Frage: Wie kann ich dies mit meinen Fotos vermitteln? Ich wagte ein kleines Experiment und zeigte bei einem Lichtbildervortrag eine relativ große Serie nur mit Bildern aus der Wüste – ohne Worte. Es wurde mir anschließend bestätigt, dass der Eindruck der Wüste vermittelt werden konnte.

Ob man nur über eine Landschaft fliegt oder sie erwandert oder ob man zur Information und aus Interesse über ein Land liest oder nur im Internet surft – es sollen Bausteine für ein stabiles, belastbares Gedankengebäude werden.

Ein weiterer Gesichtspunkt ist in diesem Buch verschiedentlich vorzufinden – es ist der Bezug zur die Gegenwart und ihrer gesellschaftlichen Bewertung in Gesetzen und Verhaltensregeln. Das Ergebnis wird bei den Lesern unterschiedlich ausfallen. Manches führt zum Schmunzeln, manchmal zeigt sich ein „dicker Hals".

Die Vergangenheit aufarbeiten. Ein großes Thema in der Nation, in der Gesellschaft und in all den Ecken und Spalten bis hin zu den Familien. Wir fragten schon vor der revolutionären Achtundsechziger Bewegung, wer in der nächsten Umgebung war denn Nazi? Wir lernten mit deren Antworten umzugehen.

Wie war dies alles möglich und wie kann eine Wiederholung vermieden werden? Nahezu siebzig Jahre nach dem Kriegsende werden überraschend viele informative Dokumente im Fernsehen gezeigt. Ein wesentlicher Beitrag gegen das Vergessen. Es sind auch viele institutionelle und bürgerliche Initiativen aufgestellt. Das Problem wird in der Zukunft sein, dass der Personenkreis der Erlebnisgeneration immer kleiner und der der Erkenntnisgeneration immer größer wird. Mein Leitsatz, von einem Philosophen entliehen, dass Wissen erst durch Erfahrung brauchbar wird, hat auch hier seine Gültigkeit. Dennoch brauchen wir keinen Krieg gegen das Vergessen. Dieses Buch soll ein Beitrag gegen das Vergessen sein.

Die Wurzeln

Ein Bengel im trotzigen Alter – irgendetwas war quergelaufen und ich war in Hochform. Ich war auf dem Arm meines Vaters, der im Fronturlaub zu Hause ein Idyll erwartet hatte. Er versuchte mich zu beruhigen, vergeblich.

Es war im Stadtkern von München irgendwo zwischen Viktualienmarkt und Heilig Geist Kirche, die ich von Kind auf liebte, vermutlich wegen ihrer vielen zu entdeckenden barocken figürlichen und gemalten Details. Die Gebrüder Asam waren mir in jener Zeit kein Begriff, dennoch, die Darstellungen zeigten Wirkung. Und so muss wohl mein Schmerz unendlich gewesen sein, der mich zu der Aussage brachte: „Ein Busserl (Küsschen) mag ich nicht und ein Guatl (Bonbon) mag ich auch nicht und in d' Kirch' geh ich auch nicht."

Der Viktualienmarkt und die Heilig Geist Kirche waren die westliche, der Vater-Rhein-Brunnen nördlich des Deutschen Museums zwischen den beiden Isararmen die östliche Begrenzung meiner Welt. Nach Süden und Norden hingegen waren die Grenzen weiter gesteckt. Es existieren noch Fotos von Radausflügen, ich auf dem Kindersitz auf Papas Rad isaraufwärts bis Talkirchen oder isarabwärts nach Ismaning, dem Geburtsort der Eltern.

Meine Eltern wurden Städter. Beide aufgewachsen in einer sehr ländlichen Umgebung, wenn auch nur zwölf Kilometer Luftlinie entfernt vom Stadtzentrum der bayerischen Landeshauptstadt. Die Eltern meiner Mutter bewirtschafteten einen mittelgroßen Bauernhof mit Vieh und Ackerflächen, beides in der gesamten Produktpalette. Meine Mutter ist dort mit drei weiteren Schwestern und zwei Brüdern aufgewachsen. Der älteste Bruder wanderte im wirtschaftlichen Desaster zwischen den beiden Weltkriegen im Jahr 1923 in die USA aus, vermutlich hatte er keine Erbansprüche. Um die Reise zu finanzieren, verkauften die Eltern ein Schwein.

Dieses wurde auf der Dorfstraße zum Metzger geführt. Mit dem Geld, dem Bargeld, vermutlich in einer großen Tüte, ging man direkt zum Schalter, um das Billet'l zu kaufen – die Inflation ging im Stundentakt voran. Ich kannte ihn nur aus Erzählungen und auch nur unter dem Namen „Amerika-Franzl". Er hatte in München eine Lehre als Elektromechaniker absolviert und war sehr geschickt. Er bastelte Radioempfänger und baute sich auch ein Motorrad. Im Dorf war er für die Jugend und auch allgemein ein bewunderter junger Mann. Eines Tages beantragte einer seiner Fans bei ihm, sein Motorrad putzen zu dürfen. Franzl gestattete es ihm, jedoch mit der Auflage zuerst die Hände zu waschen. Mein Onkel und späterer Vaterersatz machte Musik und verweilte in jungen Jahren in Hamburg und sonst wo. Meine Mutter ging ebenfalls mangels besserer Aussichten als Haushälterin zu nobleren Haushaltungen, überwiegend jüdisch geprägte Familien, nach Holland und in die Schweiz.

Die Eltern meines Vaters bewirtschafteten ebenfalls ein landwirtschaftliches Anwesen, nicht so intensiv wie die anderen, vielleicht waren sie nur Pächter. Für mich waren sie immer schon Wirtsleut'. In den Kriegsjahren, und ich weiß nicht seit wann, waren sie die Wirtsleut' vom Humboldtshof, eine stattlichen Einkehr direkt an der Wittelsbacherbrücke stadtauswärts, isaraufwärts. An diese Gaststätte kann ich mich noch erinnern, denn für meine Mutter war es der bevorzugte Spaziergang, mit uns beiden Kindern vom Deutschen Museum isaraufwärts zu diesem Ziel zu laufen. Die Eckwirtschaft, ein großer Raum, mit großen Tischen und Bänken, die Wandverkleidung aus dunklem Holz, darüber an den Wänden romantische Voralpenlandschaften gemalt.

Auch mein Vater hatte Geschwister, zwei Schwestern. Eine davon eine Büro-Lady heiratete einen Metzger und sie wurden ebenfalls Wirtsleut'.

Mein Vater war Berufssoldat in der am Ende der Zwanzigerjahre hoch geschätzten Reichswehr, als Musiker beim Paradeorchester.

Er wählte diesen Weg auf Empfehlung, um nach Ablauf einer zwölfjährigen Verpflichtung als Musiker ins Staatsorchester übernommen zu werden. Er war bereits seit dem ersten Tag, dem Poleneinmarsch, im Einsatz. Nun, dieser Berufsweg führte nicht zum Ziel.

Zu meinem Großvater in Ismaning gab es wenig Kontakt. Auf dem Bauernhof war er entweder auf dem Feld oder im Stall. Nach dem Essen saß er schweigsam am Tisch, den Zwicker auf der Nase, eine schon ausgelesene Zeitung vor sich, in der Hand noch das Schnackelmesser (Klappmesser), um sich die Zähne zu reinigen. Obwohl er zu uns Kindern kaum ein Wort sprach, war er eine feste Größe und eine Respektsperson. Im Jahr 1944 ist er gestorben. Die Beerdigung auf dem Dorffriedhof war gut besucht, um das Grab gab es Gedränge. Ich drückte mich durch die Leute bis zur Kante der Grube und dann die Szene: Die Männer senkten den Sarg mit dem Leichnam an Seilen zur ewigen Ruh'. Viele trauerten – ich hingegen machte auf meinem Standplatz eine Kehrtwendung, bahnte mir flugs einen Weg durch die Menge und rief laut: „Mama, Mama ich hab gesehen, wie sie ihn hinabgelassen haben."

Heute würde man von besorgten Trauergästen hören: „Dieses Kind benötigt dringend psychologischen Beistand."

Das Bürgerliche

Unser Haus in der Rumfordstraße befand sich außerhalb vom Isartor hin zur Isar, so nannte man diesen Bereich „Isarvorstadt" – südlich der Zweibrückenstraße, die ihren Namen von den anschließenden zwei aufeinander folgenden Brücken über die Isar ableitet. Graf Rumford, der Namensgeber unserer Straße, war eine große Persönlichkeit in Bayern und agierte in vielen, sehr unterschiedlichen Bereichen. Eigentlich hieß er Graf Thompson und kam aus den USA. Amerika musste er in den Wirren des Bürgerkriegs verlassen. Im bayerischen Königshaus fand dieser umtriebige, ideenreiche junge Mann Aufnahme und wurde zum Grafen Rumford ernannt. Wie und warum er nach Bayern fand, dazu sind Geschichtsschreiber aufzusuchen. Die hiesige Bevölkerung kannte ihn als den Gründer und Gestalter des Englischen Gartens, als Heerführer, als Konstrukteur eines Thermometers und als Experte für Schießpulver und dafür, dass er in ärgster Not die Kartoffel als Nahrungsmittel in Bayern einführte. Speziell in meiner Gegend ist er auch als Küchenchef der armen Leute bekannt, der die so genannte „Rumford-Suppe" kreierte. Der Name wurde von der Bevölkerung dahin gehend gedeutet, dass man bei deren Herstellung alles in den Topf gibt was „rum" (herum) liegt und „ford" (fort) gehört. Mein Onkel, von dem später noch mehrfach die Rede sein wird, gab mir sehr früh in vielen Dingen Hilfestellung und sagte hierzu, wenn du gefragt wirst, wo du wohnst, so antworte: in der Rumfordstraße dort, wo die Trambahn „rumfährt".

Die Isarvorstadt war eine gehobene Wohngegend. Es waren nicht die verwinkelten Häusern der Altstadt wie innerhalb der Stadttore mit deren engen Wohnräumen und Gemeinschaftsklos im Treppenhaus. Es war deutlich komfortabler als die Kleinhäusl in der Au, östlich des hinteren Isararms, östlich der Museumsinsel. Die Bauweisen und die Bevölkerung rund um den Stadtkern sind ähnlich. Es muss damals in den Jahren 1890 bis 1915 – es war die Prinzregentenzeit – ein ungeheurer Bauboom gewesen sein, betrachtet man die Häuserreihen in den Straßen im Stadtgebiet

23

nach allen Himmelsrichtungen. Das Bürgertum dieser Zeit hat seinen Stil gefunden, eine Mixtur aus Repräsentation, Jugendstil, Infrastruktur und Komfort.

Ab dem Jahr 1934 lebten wir für unsere Verhältnisse relativ herrschaftlich in der Nähe des Isartors. Damals war die Hauptverkehrsader in der Stadt die Verbindung von Ost nach West, die Verbindung der Stuttgarter Autobahn zur Salzburger Autobahn. Diese führte über den Hauptbahnhof, Stachus (Karlsplatz), Marienplatz, Tal, Isartor zum Rosenheimer Platz. Die Süd-Nord-Verbindung ging vom Harras, Lindwurmstraße, Sendlinger Tor, Sonnenstraße zum Stachus und über die Barerstraße zur Autobahn nach Nürnberg. Ein Teilstrom ging auch durch das Sendlinger Tor zum Marienplatz und weiter über die Ludwigstraßen zur Nürnberger Autobahn.

Unser Haus reihte sich ein zu einer geschlossenen Straßenfront. Es war ein Backsteinbau mit vier Etagen, die fünfte war auf einer Seite bewohnt, die andere war ein Speicher, in dem die Bewohner einen mit Lattenrost abgeteilten Raum nutzen konnten. Parterre waren Geschäfte, in jeder Etage waren zwei Wohnungen und dazwischen das Treppenhaus, relativ großzügig, jedoch ohne Fahrstuhl. In jeder Etage waren eine größere Wohnung mit sechs Zimmern und kleinere mit vier Zimmern. Wir bewohnten die kleinere mit etwa hundert Quadratmetern in der dritten Etage. Zwei Zimmer waren aber an Untermieter abgegeben.

Die Fassade war klassisch gegliedert und in Sichtbackstein gearbeitet. Über den Fenstern waren Giebeln und anderes Zierwerk. Auf der Rückseite des Hauses war für jede Wohnung ein Balkon, eine Eisenkonstruktion, leicht verziert. Das Haus war auch unterkellert. Eine sehr steile frei geformte Betontreppe führte vom Hausflur hinunter. Der Bereich war wie ganz oben zweigeteilt in einen „öffentlichen" Luftschutzkeller und in abgeteilte Zellen für die Mieter zur Lagerung von Kartoffeln und Kohlen. Der Blick nach unten war schon eine Herausforderung für eine Mutprobe. Unten war es schwarz – nahezu physikalisch schwarz, so als wenn man einen Karton innen und außen schwarz anmalt und in den Deckel eine münzgroße Öffnung schneidet – diese Stelle wird dann noch deutlich schwärzer wahrgenommen.

Die Wohnung – drei große, hohe Räume nach Süden gerichtet, umlaufend klotzig mit Stuck aufgewertet. Auch in der Mitte jeweils noch eine Rosette für den Lüster. Die Fußböden mit Eichenparkett in Fischgrätenmuster. Dazu noch jeweils in jedem Raum ein hoher schlanker Kachelofen mit verzierten, grünen, glasierten Kacheln. Auf der Nordseite ein kleineres Zimmer, die Küche mit gemauertem Herd und beigestelltem zweiflammigem Gasherd, auch einem Wasserbecken, dann noch separat ein Bad und eine Toilette mit separatem Wasseranschluss. Die Vormieter waren in einer jüdischen Gesellschaft und hatten noch rechtzeitig 1934 das Land in Richtung USA verlassen. Die wesentlichen Möbelstücke des Wohnzimmers wurden ihnen von meinen Eltern abgekauft und stehen heute noch bei mir.

Bei der vorstehenden Beschreibung des Hauses und der Wohnung erinnere ich mich an eine Begegnung etwa vor dreißig Jahren. Auf einer Wanderung im Gebirge traf ich einen Jugendfreund mit seiner Familie. Diese hatten ihren seit Geburt blinden Sohn dabei. Wir gingen ein langes Stück gemeinsam. Er, der Blinde, in der Mitte – er ging nur nach Gehör und er fragte unentwegt, wie ich wohne, alle Details ganz gezielt, um sich so eine konkrete Vorstellung zu machen. Nun im Vergleich ist meine Schilderung plump und oberflächig. Der Schilderung des ehemaligen Treppenhauses hätte der junge Begleiter sicher noch mehr Aufmerksamkeit gewidmet. Aber vielleicht hätte es ihn auch etwas traurig gestimmt, denn es war schon seit sehr frühen Jahren eine Einrichtung, bei der ich Mut und Angst gegeneinander abwägen lernte. Wäre es für einen alleinstehenden Blinden, der nicht sieht, wie tief der Sturz sein könnte, Mut auf dem Geländer zu turnen?

Das Treppenhaus war breit und hatte eine geschwungene Wendung zwischen den Etagen, einen Handlauf aus armdickem poliertem

Holz. Der freie Raum zwischen den Treppen war etwa in der Breite der Treppen und der Handlauf lag auf verschnörkelten Eisenstäben. Das Geländer war so leicht zu besteigen.

Der Hinterhof war weniger attraktiv, aber er war wie fast alle in diesem Viertel. Vom Hausflur ging es einige Stufen nach unten in den Hof, insgesamt etwa fünfzig Quadratmeter, umgeben mit einer zwei Meter hohen Mauer, einem Unterstand für Mülltonnen, einer Vorrichtung zum Teppichklopfen und einem gemauerten Waschhaus für all die Hausbewohner. Dahinter das zweistöckige Rückgebäude des gegenüberliegenden Anwesens. Tristesse pur.

Der Krieg außerhalb der Grenzen

Als der Krieg ausbrach, war ich etwa neun Monate alt. Aus meiner Betrachtung aus heutiger Sicht hat er bereits 1933 begonnen. Es ist jetzt nicht die Aufgabe, den Kriegsverlauf aufzuzählen – hier empfehle ich, die historischen Aufzeichnungen zu studieren. Es brannte in allen Winkeln dieser Erde. Pearl Harbour im Pazifik. Alles noch weit weg. Und durch die fortlaufenden Sieges- und Erfolgsmeldungen im Reichssender konnte man, so wie auch heute, schnell zum Alltag übergehen. Nur ein Ereignis aus dem deutschen Kriegsgeschehen herausgenommen – etwa zum Zeitpunkt als meine Erinnerung für diese Niederschrift beginnt –, es war in Stalingrad. Die Einkesselung der deutschen Armee im November 1942 bis Frühjahr 1943. Die Nachrichten waren dünn, gefiltert und gefälscht. Aber 700.000 Tote auf beiden Seiten klagen an, dazu noch die Verletzten und die, die in Gefangenschaft verschleppt wurden. Bilder von der Zerstörung wurden damals nicht vermittelt, sie sind aber dem sehr ähnlich, wie sich München drei Jahre später präsentierte. Der Unterschied im Kriegsgeschehen war, dass in Stalingrad als Festung von Haus zu Haus gekämpft wurde, in München hingegen die Zerstörung ausschließlich aus der Luft erfolgte. Der Befehl von Hitler, die Stadt bis zu jedem einzelnen Haus zu verteidigen, kam dank der Initiative der FAB (Freiheitsaktion Bayern) nicht mehr zu Durchführung.

Wie weit die Propaganda die Bevölkerung in die Irre führte, ist am Beispiel Ostpreußen ersichtlich. In diesem ländlichen Raum lebte man zwar seit einigen Jahren unter der Nazi-Verwaltung, aber es war friedlich und nahezu ungestört bis Ende des Jahres 1944. Bis dahin waren die meisten deutschen Städte und auch die Rüstungsbetriebe schon in Schutt und Asche gelegt, da schickten sie in Ostpreußen noch in Herrschaftsmanier auf ihren Gütern ihre Arbeiter auf die Felder und Weiden. Die Blendung wurde ausgeschaltet und das Kriegsgeschehen mit dem Gräuel kam in einem gewaltigen Aufmarsch blitzartig. Jeder Einzelne auf sich gestellt und alleingelassen zog mit der tragbaren Habe nach Westen. Manche auch mit Pferdekarren. Es war bitterer Winter, mit dem Vorteil, dass der einzige Fluchtkorridor, nämlich die Ostsee entlang der Küste, tragfähig gefroren war. Es gab keinerlei logistische Unterstützung für die Versorgung, Essen und Trinken, Futter für die Pferde, Erleichterungen für Alte, Kinder und Kranke. Die Flüchtlinge wurden zu Gejagten. Der Treck der Flüchtlinge – er zog schutzlos in einer Linie. Er war selbst aus großer Höhe für die feindlichen Jagdbomber leicht zu erkennen. Dennoch, es haben viele überlebt – auch welche hier in meiner Nachbarschaft.

Der Krieg kam in die Stadt

Bald danach, als die Flieger im Jahr 1943 auch die Stadt München erreichten, änderte sich der Alltag für uns – meine Mutter, mich vier Jahre und meine Schwester acht Jahre – und alle anderen Mitbewohnern in der Stadtmitte massiv.

Die schöne braune Hauptstadt der Bewegung war bald, ähnlich wie die anderen Wirtschafts- und Rüstungszentren des Reiches, als Ziel der Luftangriffe der Alliierten im Visier. Und sie kamen nachts zunächst, um die Kriegsindustrie zu zerstören. Und nachdem dies den Widerstand der Kriegstreiber nicht zur Einkehr bewegte, flogen die Bomber in die Wohnzentren, um die Bevölkerung „aufzuwecken". Im übertragenen Sinn war ich damals bereits bei den ersten Angriffen Luftschutzwart. Wir schliefen damals zu dritt im elterlichen Schlafzimmer, startbereit, das Handgepäck mit dem Wichtigsten griffbereit für einen schnellen Wechsel in den Luftschutzkeller. Doch manchmal forderte der Körper, nachdem viele Nächte in ähnlicher Prozedur abgelaufen waren, seinen Anteil. Es war vermutlich 1941. Es gab Voralarm und da stand ich bereits in meinem Kinderbett, rüttelte das Bettgestell und weckte meine Mutter und Schwester mit den Anfängen meiner Sprachübung: „Greislich feifft" (scheusliches Pfeifen).

Tragische Tage trugen sich zu, als mein innig geliebter Teddybär, außen schon mit sehr abgetragenem Plüsch, die Arme und Beine akrobatisch verrenkbar, sehr gelenkig, mein ständiger Begleiter auch auf dem schnellen Weg zum Luftschutzkeller, ein Auge verlor. Nun, das passierte in der Zeit auch bei den Menschen. Hier beim Teddy jedoch wäre eine schnelle Abhilfe möglich gewesen, nur wo war das Auge? Und dann war auch noch der Teddy weg. Es war Weihnachten 1943. Ich weiß nicht, unter welchen Umständen meine Mutter einen Christbaum beschaffte. Das Drumherum, der Christbaumschmuck war noch verfügbar. Das größte Geschenk aber war die Rückkehr meines Teddys mit zwei Augen. Ich konnte ihm wie gewohnt wieder ins Gesicht sehen.

Bei unserer kleinen bescheidenen Weihnachtsfeier fiel auch noch der Christbaum um und viele der filigranen, hauchdünnen silbernen Glaskugeln und sonstiger Zierrat lag in Scherben auf dem Boden, es war schlimm, der Blick aus dem Fenster, der Blick auf die Zerstörung im großen Maßstab bekehrte uns, mit dem Schaden ertragbar umzugehen. Unser Papa war irgendwo in Russland. Ob noch in der Heilig Geist Kirche eine Christmette gefeiert wurde, welche sonstigen Geschenke, welchen Festtagsbraten – alles keine Themen. Vermutlich gab es an diesem Abend keinen Fliegeralarm – auch die Krieger auf der anderen Seite der Front dachten an das Friedensfest, an ihre Angehörigen in den USA, in Britannien und Frankreich. Die Russen waren eine andere Macht, eine andere Welt für uns Süddeutsche, obwohl die meisten Wehrmachtsangehörigen dort im Einsatz gebunden waren.

An ruhigeren Tagen, wenn am Isarhochufer wieder die Amseln zwitscherten und die Sonne glänzte, unternahm unsere Mutter mit uns ihren bevorzugten Spazierweg isaraufwärts zu ihren Schwiegereltern, zum Humboldtshof an der Wittelsbacherbrücke.

Das Haus mit dem Humboldtshof sowie den Wohnungen der Wirtsleut', meiner Großeltern väterlicherseits und die meiner Tante, der Bureau-Lady und ihres Mannes, meines Onkels wurden total zerstört. Er, mein Onkel, war noch im Krieg und verlor dabei ein Bein.

Er war Metzger und für diesen sehr ausgeprägten körperlichen Beruf war das ein sehr erhebliches Handikap. Aber Aufgeben war nicht deren Art. Die beiden übernahmen das gewerbliche Erbe und pachteten im bayerischen Oberland ein Gasthaus mit Metzgerei. Es ist eine Gegend – schönstes Postkartenidyll; etwa dort, wo sich schon früher Nichtliniengetreue getroffen haben, im Mangfalltal bei der Gotzinger Trommel. Diese Gegend war 1705 einer der Sammelplätze für die Aufständischen gegen die Besetzer und ist heute noch eine Tschüss-freie Zone.

Der Luftschutzkeller

Wie die Regeln und Rangordnungen im Luftschutzkeller festgelegt wurden, weiß ich nicht. Es gab einen Luftschutzwart mit Armbinde. Diese Person passte auf, dass bei Alarm die Bewohner ihre Wohnungen verlassen hatten, keine ungebetenen Gäste, Nicht-Arier oder Ähnliches Unterschlupf fanden. Die Bewohner waren selbst verantwortlich dafür, dass sie ihre Fenster vor dem Verlassen öffneten, denn Glas gab es nicht zum Nachkaufen. Dennoch waren nach einem Treffer die Wohnungen und Straßen mit Scherben übersät.

Wie war es doch damals mit einer Glas- und Hausratsversicherung? Vermutlich war ein derartiges Geschäftsmodell nicht zulassungsfähig, denn diese vor und nachgestellten Schilderungen aus einem Kindskopf durfte die Propaganda nicht zulassen – es kann nicht sein, was nicht sein darf!

Im Keller, die Wände schwarz vom Kohlenstaub, der sich bei der Einlagerung an den feuchten Flächen niederschlug. Die Verdunkelung wurde nochmals überprüft, um sicher zu sein, dass kein Licht nach außen kam. Eine Maßnahme, die bei der Bombardierung eines Stadtkerns sicher überflüssig war, denn Menschen gab es überall und die Strategie war, diese mürbe und weich zu klopfen. Die Beleuchtung des Luftschutzkellers war eine einzelne 25-Wattlampe und so tasteten die Bewohner und Schutzsuchenden sich die steile Treppe hinunter und bei jeder Stufe stellte sich die Frage, wie komme ich hier wieder heraus? Die Hausbewohner, einige werden später noch beschrieben, waren entweder alt und gebrechlich oder es waren Mütter mit ihren Kindern. Heute werden Studien und Dissertationen erstellt, wie man eine Gruppe in Panik geratener Personen evakuieren kann. Nun, solche Regeln und Verhaltensmuster waren damals nicht ausgelegt, auch kein Hinweisschild, wo diese auslagen usw. Keine Notbeleuchtung, kein Fluchtplan, kein Hinweis wie: Folgen Sie den Anweisungen des Sicherheitspersonals.

Die Szene im Falle eines Treffers, direkt oder nahe dran, ist unvorstellbar.

Die besten Plätze waren in der Nähe der Stiege. Eine wesentliche Gefahr war der Stadtbach bzw. die abgrenzende Mauer. Die Besonderheit an unserem Keller war, dass eine Wand die Begrenzung zu dem reißenden Stadtbach bildete, der dort mannshoch in Augenhöhe floss. Es wurde angenommen, dass bei einem Bombeneinschlag in der Nachbarschaft diese Mauer brechen würde und der Keller blitzschnell geflutet würde. Dann konnte man bestenfalls den Kopf zwischen dem Wasserspiegel und der Kellerdecke freihalten, sofern man Boden unter die Füße bekam.

Nun da musste auch einer oder eine einmal auf die Toilette. Nicht so auf natürliche Weise – einfach so aus Angst. Ich vermute, dass viele einfach in die Hose gemacht haben, aber es war nie ein Thema.

Es war immer sehr still. Ich drückte mich an meine Mutter und sie zog mir eine Decke über den Kopf – eine kluge Maßnahme. Die Detonationen wurden jedoch sehr deutlich wahrgenommen, akustisch und in den Erschütterungen. Der Luftschutzwart kommentierte: „Ruhe bewahren!" Es war gut, wenn das Licht nicht ausging, auch das passierte gelegentlich. Wenn es ausging, so kommentierte er: „So sieht uns keiner von außen." An mitgebrachte Kerzen kann ich mich nicht erinnern. Vermutlich war es untersagt, mit offenem Licht zu hantieren. An der Decke hing an zwei Drähten eine Fassung mit einer Glühbirne. Wenn diese weiterhin brannte, so hätte man mit heutigem Bildungstand die hängende Glühlampe als seismologisches Gerät betrachten können. Auch graphische Aufzeichnungen wären auf dieser Basis möglich gewesen. Alles sehr interessant, aber wir wollten nur hier heraus!

Ich kann mich nicht erinnern, ob in diesem Luftschutzraum, in dieser Zelle der wahrscheinlich letzten Stunde ein Kreuz oder ein Rosenkranz aufgehängt war. Es wurde auch nicht gebetet – wahrscheinlich schon, aber für Dritte nicht wahrnehmbar.

Ich stelle mir vor, alle Luftschutzwarte, jeder Einzelne ein Bürger aus dem zu betreuenden Haus, hätten sich zusammengetan und unter Vorgabe der Nazi-Verordnung in jede Beamtenstube und in jedes Klassenzimmer ein Bild des Führers gehängt, diese Verordnung eigenmächtig erweitert und so ein Bild auch in die Luftschutzkeller gehängt. Vielleicht hätten sie auch noch einen Orden bekommen.

Ich stelle mir vor, zum wiederholten Mal ein Luftangriff und wir sitzen im Keller, viele haben schon viel Leid durch den Verlust von Angehörigen und Freunden erfahren und auch ihre Habe verloren. Die Wände zittern, das Haus wird gerüttelt, der Putz an der Decke bröselt. In dieser Situation steht eine oder einer auf, ein Fluch geht über die Lippen und zertrümmert dieses Bild des (Ver-)Führers. Eine Revolution entfacht sich. Eine derartige Reaktion zum Zeitpunkt des Attentats auf Hitler im Juli 1944 wäre nicht auszuschließen und in der nachfolgenden Kriegszeit als eine Kettenreaktion wahrscheinlich möglich gewesen.

Im Buchtitel ist noch hinzugefügt: „einer besseren Zukunft wegen". So empfehle ich, die Bilder dieser Führergestalten an diesen Stellen, in dieser Situation, als so genannte „Wutzettel", wie man sie auch in den Büros der Dienstleistungsunternehmen vorfindet, zu verwenden.

Diese Zeilen sind speziell für die Enkel, um ihnen zu vermitteln, wie ihr Opa gedacht hat.

Es ist wieder einmal gut gegangen, wir haben überlebt – dann bis Morgen.

So lässig ging man nicht auseinander, in die Wohnung oder an den Herd, denn mit dem Hinaustreten aus dem Verlies, dem schwarzen Loch, dem Keller wurde das Ausmaß der Zerstörung der letzten Stunden bewusst.

Der Blick jedes Einzelnen wurde leer, alles lieb Gewordene – alles weg. Die soziale Grundlage – alles weg. Freunde, Nachbarn –

mindestens gestört, meist zerstört. Es brannte noch in den Häusern. Rettung und Hilfe – aussichtslos. Feuerwehren aus der Umgebung, auch aus dem weiteren Umkreis, z. B. aus Siegsdorf südlich vom Chiemsee, wurden gerufen. Nun, die kamen meist nur bis zum Stadtrand. Dort war die weitere Fahrt wegen der Brände und eingestürzten Häuser blockiert.

Von den dramatischen Szenen nach den Angriffen habe ich wenig mitbekommen. Meine Mutter hat mich geführt. Wir stiegen hinauf in unsere Wohnung, meistens war es nach Mitternacht und mir war die Decke über den Kopf gestülpt – eine gute Nacht.

Alles spielte sich im Dunklen ab, bis nach der Entwarnung. Nach dem Aufstieg in die dritte Etage und nachdem ich ins Bett gesteckt worden war noch ein Blick in die Zimmer. Waren die Fensterscheiben noch ungebrochen? Dann noch ein Blick aus dem Fenster. In der Nacht der Feuerschein, schließlich noch ein Bitte nach oben: „Bitte heute Nacht nicht noch einmal – für heute reicht es!"

Am nächsten Morgen ging es fast gewohnt weiter.

Die Arbeitsfähigen mussten an ihre Arbeitsstelle, andere zum Arbeitsdienst, wieder andere in den ihnen zugeteilten Rüstungsbetrieb. Und dann noch der Freundschaftsdienst in den betroffenen Stadtvierteln. Irgendjemand aus der Verwandtschaft, dem Freundes- und Bekanntenkreis war immer bei den Betroffenen. Schnelle Hilfe war angesagt, Verschüttete und Verschüttetes zu bergen. An diesen Standorten fanden sich auch einige ein, die nicht dazugehörten und die keine Hilfe waren – die Plünderer.

Meine Schwester war in dieser Zeit, von Januar 1944 bis August 1944, im Kloster, weit weg. Dort war es zwar sehr ungemütlich aber relativ sicher. Ein Luftangriff war nicht auszuschließen, denn es konnte ein amerikanischer Pilot eines Bombers aus Unkenntnis den Gebäudekomplex des Klosters mit einer Fabrikanlage verwechseln und dann auf Nummer sicher gehen und ordnungsgemäß das Geviert vernichten.

Ein Unfall

Es war noch in der Vorschulzeit, diesen Begriff gab es in dieser Zeit im Stadtzentrum nicht, denn es gab weder eine Vorschule noch eine reguläre Schule. Meine Schwester war bereits schulpflichtig und sie wurde in ein Kloster gesteckt, nach Bad Wörishofen – damals weit weg und eine Art Sicherheitsverwahrung. Den Erzählungen nach wäre sie lieber bei uns im Stadtzentrum geblieben. Die Bewertungen in den einzelnen Altersstufen sind eben unterschiedlich.

Die Kommunionfeier meiner Schwester und die ihrer Freundin aus dem Nachbarhaus, beide waren im Kloster hinter Schloss und Riegel, sowie deren Terminierung war das anstehende Ereignis. Beide Mütter sammelten Essbares und Zutaten, um einen Kuchen zu backen – als Mitbringsel. Eine Beschreibung zur Herstellung des Kuchens und die Reiseplanung für diese 80-Kilometer-Strecke gäben schon viele Einblicke in die damalige Situation. Austragungsort für die Backaktion war das Gebäude der Nachbarin, ein vergleichbares Haus mit fünf Etagen, alles noch im Bereich der Normalität bezüglich der Kriegsschäden.

Das Treppenhaus war für mich immer wie eine Arena im heutigen Sinn – mit und ohne Publikum. In all den Jahren wurde immer gemessen, wie viele Sekunden ich für die drei Etagen hinauf oder auch hinunter benötigte. Die Anfänge gingen bis in die frühe Kindheit zurück, vermutlich bis kurz nachdem ich das Laufen lernte. Die Königsdisziplin war die Abfahrt. Jede Abfahrt ein messbarer Erfolg. Das Geländer war auf geschmiedetem Zierwerk abgestützt. Diese Konstruktion war für mich sehr vorteilhaft, denn so konnte ich bereits im frühen Alter auf das Geländer steigen. Beginnend unten in der ersten Kurve, dann in der ersten Etage, dann immer höher und schneller. Jahrzehnte später erinnerte ich mich noch daran. Anlass war ein Werbespruch auf der Bergstation der Seilbahn zur Zugspitze. Nach der grandiosen Auffahrt, dann bei der Einfahrt der Gondel in das Gebäude stand auf einem großen Plakat: „Höher und weiter mit der Lufthansa."

Im Treppenhaus war ich meist rücksichtsvoll, denn nur wenn ich allein auf der Strecke war, fuhr ich voll aus. „Heut' ist der Maxl wieder eine gute Zeit gefahren", würde man heute in einer Reportage sagen. Praktiziert wurde diese Gangart, wurden diese Talfahrten im Treppenhaus bis ich anlässlich meiner Hochzeit das Haus verließ.

Bei meinen Abfahrten gab meine Mutter, sofern sie in Sichtweite war, gelegentlich den Vermerk: „Nicht so schnell." Die andern Hausbewohner kannten meine Fähigkeiten. Unter uns wohnte ein Revierpolizist mit Familie – auch hierher keine Anweisung oder Mahnung.

Nach der Backaktion bei der Verabschiedung an der Wohnungstür auf der fünften Etage versuchte ich mich wie gewohnt, jedoch heimlich und unauffällig an dem Geländer des ähnlich proportionierten Treppenhauses. Ob ich damals schon versucht habe, auf dem Geländer oder nur am Geländer zu gleiten, weiß ich nicht mehr. Meine klassische Haltung war Kopf oben, darüber die beiden Hände zum Bremsen, die Schenkel zum Balancieren, die beiden Füße zum Steuern. Alternativ hierzu versuchte ich auch, den einen Oberarm am Geländer einzuhaken, den Kopf weit übergebeugt, die Beine angezogen, und gelegentlich mit den Füßen noch Kontakt zu den Treppen zu halten, Fahrt aufzunehmen. Die beiden Mütter waren noch mit ihrer Verabschiedung und vielleicht mit der Reiseplanung im Gespräch, da krachte es. Der Lärm kam etwa von der dritten Etage. Nun, was war geschehen? Auch dieses Haus hatte die ersten Kriegsschäden – obwohl noch vernachlässigbar –, aber es fehlte ein Stück im Geländer. Ich flog glücklicherweise nach außen aber leider etwas unglücklich. Es war damals Standard und auch verordnet, dass in den Miethäusern im Treppenhaus Bottiche mit Löschsand aufgestellt waren, um so schnelle Brandbekämpfung zu ermöglichen. So einer stand auch an meiner Wegstrecke – groß, aus

Eisenblech mit zwei Griffen und mit Sand gefüllt. Und auf einen dieser Griffe schlug ich mit meinem Kopf auf. Nun, dieses Malheur veränderte die Situation und die Gedanken zur Kommunionfeier mussten abgeschaltet werden, schnelles Handeln war gefordert, aber wie?

Es gab kein Telefon, keinen Notarzt, keinen Krankenwagen, keinen Arzt, kein Taxi, keine Straßenbahn. Die nächste Klinik für Verletzungen, eine Notaufnahme, war am Goetheplatz – Luftlinie etwa drei Kilometer entfernt. Mit Handtüchern und anderen verfügbaren Textilien provisorisch verbunden musste mich meine Mutter so – über die Schulter gelegt – eine Stunde dorthin tragen. Nun, dort hat man nicht auf mich gewartet. Es wurden Nummern zugewiesen – ich war die Nummer 70. Mein Zustand muss aber erbärmlich gewesen sein, so dass mir von den Wartenden ein besserer Platz zugewiesen wurde. Aber als ich an der Reihe war, gab es Fliegeralarm. Alle in den Keller, dort wurde genäht, sicher alles sehr schnell – weitere Untersuchungen auf Gehirnerschütterung etc. blieben aus, kein stationärer Aufenthalt, es wäre auch auf den Fluren kein Platz gewesen. Es kam letztlich zu einem guten Ende und mit einem großen Verband konnte ich die Klinik verlassen. Ich weiß nicht, wie ich nach Hause kam. Hier setzt die Erinnerung aus. Vermutlich war ich von der Narkose noch tramhabert (Traum habend), zu Fuß an der Hand meiner Mutter, die Lindwurmstraße stadteinwärts, rechts die zerstörten Häuser und links die Baustelle für die erste U-Bahnlinie. Diese Grube wurde später wieder zugeschüttet. Dann diagonal vom Sendlinger Tor zum Isartor. Für die Zeit bis zur Kommunionfeier meiner Schwester war ich ruhig gestellt. Irgendwelche Nachuntersuchungen waren bei derartigen Schädigungen wegen der Engpässe im Klinikbetrieb nicht üblich. Ich weiß auch nicht, wie lange Zeit es brauchte, bis ich wieder in der Arena auftrat. Der Alltag in dem Kriegsgeschehen in der Stadt nahm ihren Lauf.

Der Abschied

In den letzten Kriegsjahren kam mein Vater nur noch zweimal nach Hause – er war insgesamt fünfeinhalb Jahren im Einsatz und in dieser Zeit war er viermal je drei Wochen bei uns, jedoch nie zu Weihnachten.

Ein Besuch war im Anschluss nach einem Lazarettaufenthalt im Oktober 1944. Ein Halsdurchschuss verursachte die Zwangspause. Nur in sehr wenigen Fällen überlebt man einen derartigen Treffer. Ein sehr großer begnadeter Zufall. So eine Verletzung ereignet sich nicht in gesicherter Umgebung, sondern abseits. Auch nicht abseits, sondern mitten in der Kriegshandlung. Kein Notarzt und keine klinische Versorgung – alles weit weg. Diese unglaubliche Geschichte wurde von mir mehrfach hinterfragt. Zwei Wochen durfte er nach seinem Lazarettaufenthalt noch zu Hause verbringen, dann ging es wieder an die Front.

In diesem „Urlaub" machten wir einen Familienausflug nach Ismaning, den Heimatort der Eltern und auch der Wohnort der meisten Geschwister – alles in der Nachbarschaft. So auch das Häuschen einer Tante, einer Schwester meiner Mutter. Der Mann war als Soldat im Einsatz. Sie hatte drei Buben etwa im Alter meiner Schwester und mir. Wir waren in ihrem Haus zusammen und dann kam der Postbote, den mittlerweile die Bürger als den leibhaftigen Tod sahen, denn er verteilte schreckliche Nachrichten. Der Vater von den drei Kindern war gefallen. Aufregung, Schrecken und Trauer.

Jeder Gefallene hinterlässt Schmerz und Trauer. Wenn es aber, wie bei meinem Onkel, der dritte Sohn oder der Bruder ist, der in diesem Wahnsinn des Krieges das Leben lassen musste, so ist es für uns in der Gegenwart nicht mehr fassbar.

Auf dem Heimweg sagte mein Vater, der das Kriegsgeschehen von

Anfang an kannte, dass er vom nächsten Einsatz nicht wiederkommen werde. Er behielt recht.

Nun stand der erneute Einberufungsbefehl an. Sammlung der Soldaten am Münchner Hauptbahnhof. Der Bahnhof und der Bahnhofvorplatz waren voll mit wartenden Soldaten. Das große Kaufhaus „Dietz" war schon längst als Warteraum für die Soldaten umfunktioniert. Viele Häuser in diesem Bezirk waren nur noch Ruinen. Nicht sichtbar für die Wartenden waren die hektischen Bemühungen, die Schienen und den Bahnbetrieb für diesen Soldatentransport zu reparieren. An Motivation hatte es durch die Propaganda nicht gefehlt – es ging auch um den Endsieg!

Alle, Soldaten und Angehörige, wussten, was noch zu erwarten war.

Ich habe immer noch den Eindruck, dass die Soldaten in Anwesenheit ihrer Angehörigen nicht über Kriegserlebnisse sprachen. Es war irgendwie ein Tabu, vermutlich verordnet.

Wie war der Zustand ihrer Uniformen? Konnte man da nicht ablesen, dass diese gegenüber 1939 etwas abgetragen wirkten? Es war sicher nicht so wie heute noch in der Schweiz üblich, dass dort die Soldaten nach dem Manöver und für die gesamte Zeit bis zum nächsten Mal ihre Waffen und Munition in der Wohnung aufbewahrten. Unsere Soldaten voll bewaffnet zu Hause? Ein Pulverfass wäre im Vergleich harmlos. In diesen Tagen, am 14. Juli 1944, ereignete sich auch das Attentat, der Anschlag des Militärs auf Hitler. Gleichzeitig operierte bereits die FAB unter Hauptmann Dr. R. Gerngross in ähnlicher Weise. Es brodelte unter der Oberfläche.

In dieser Stimmung kam der Zeitpunkt zum Abmarsch zu den Transportzügen und zu diesem Zeitpunkt musste unpassend Fliegeralarm gegeben werden. Das Durcheinander war groß und für viele auch noch die letzte Chance zu desertieren. Nun, dies wusste auch die offizielle nazitreue Aufsicht. Meine Mutter flehte, diese

Chance zu nutzen. Sie war mit diesem Ansinnen nicht allein, aber alle hielten sich versteckt.

Ein kleiner Sprung: Es war ein Sommerabend in der wunderbaren, restaurierten Stadt, im Innenhof der Glyptothek wurde Theater gespielt. Ein Glas Rotwein zum Einstimmen, eine Decke war über die Knie gegen die aufkriechende kältere Abendluft gelegt. „Wenn du geredet hättest, Desdemona", so der Titel – nicht gehaltene Reden von Frauen. Ich dachte an meine Mutter und wollte den Titel ändern in „Wenn du geschrieen hättest."

Zurück zur Situation am Bahnhof. Ein Schrei, hysterisch, mit aller Kraft, beidbeinig auf dem Boden, die Hände zu Fäusten geformt, den Hals angeschwollen, die Augen hervortretend, einfach nur: „NEIN!" Stattdessen nur schlucken und ein nicht hörbares Schluchzen.

Die Abwägung meines Vaters war, entweder an der Front von vorne oder zu Haus im Versteck von hinten oder standrechtlich von Deutschen erschossen zu werden. Die Stunden waren dramatisch. Er entschied sich weiterzumarschieren.

Ich war damals fünf Jahre, meine Schwester war neun Jahre und so vertraute ich ihr die Details von dieser Aufzeichnung an.

Kann man sich vorstellen, wie die Stimmung in der nachfolgenden Zeit zu Hause in der Familie war?

Die Zerstörung

Beim Verlassen des Kellers musste ich meine Decke, den turkmenischen Umhang tragen. Wir wussten nicht, was draußen geschah. Die Maßnahme, mich als jungen Turkmenen einzuwickeln war sehr klug, denn auf den Straßen lag einiges umher und es brannte und es gab ein fürchterliches Durcheinander. Der Anblick war für Kinder und Jugendliche unter achtzehn Jahren nicht zuträglich, würden heute die Sozialpädagogen feststellen. Oberleitungen der Straßenbahn lagen als Drahtgewirr auf der Straße und viel zerbrochenes Glas und und und. Die schlimmsten traumatisierenden Eindrücke blieben mir mit dieser Maßnahme, den turkmenischen Umhang zu tragen, weitgehend erspart. Es ging mehrfach sehr knapp her. Einmal traf unser Haus eine Brandbombe, der Speicher brannte teilweise aus. Die Mieter saßen im Keller, schnelle Entscheidungen waren verlangt. Wie war es, es brennen zu lassen bis Entwarnung kam? Ein andermal traf es das Rückgebäude, es stand im Abstand von etwa 30 Meter zu unserem Haus. Es wurde bis auf die Außenmauern und einen Dachvorsprung zerstört. Es war aber später in diesem Zustand wieder bewohnt.

Nach einem der Luftangriffe mit dem entsprechendem Niederschlag in der Nachbarschaft stürzte die Wand zwischen dem Bad und der Küche teilweise ein. Einer der beiden schlanken, hohen Küchenkästen lag quer. Eine Erklärung ist schwerlich darzustellen, war es die Druckdifferenz in den beiden Räumen, das Fenster im Bad dicht vernagelt und die Balkontür zur Küche geöffnet? Oder war es, ähnlich wie bei einem Erdbeben, eine horizontale Verschiebung?

Auf der rückwärtigen Seite unseres Hauses zum Isartor hin stand ein Nobelkino, der „Atlantik-Palast", mit einem Aufbau wie die Staatsoper. Unter demselben Dach in der Verlängerung war die Volksschule, meine Volksschule. Von diesem Gebäudekomplex standen nur noch die Außenmauern. In der Verlängerung dieser

Straße hin zum Viktualienmarkt mehrere eingestürzte Häuser, nur noch Ruinen.

Das Schrecklichste war der Bombentreffer in unser Vis-à-vis auf der Rückseite unserer Wohnung noch vor und parallel zum „Atlantik". Dieses stattliche Gebäude hatte auch einen anerkannten sicheren Luftschutzkeller. Wenn es die aktuelle Situation noch zuließ, so eilten doch noch einige aus der Nachbarschaft dorthin. Der Ort war auch bekannt, denn seit früher Zeit war in diesem Gebäude auch ein anerkanntes und bekanntes Wirtshaus, der „Braunauer Hof". Dieser war keine politische Wallfahrtsstätte. Kurzum, wir schafften es in diesen entscheidenden Minuten nicht mehr, die hundert Meter dorthin zu laufen. Der Keller war bis zum letzten Platz belegt und eine Bombe schlug ein, schräg über unserem Hof direkt bei den Schutzsuchenden. Das Gebäude blieb stehen. Es gab aber etwa hundertsechzig Tote, die anderen dort waren vermutlich schwer verletzt. Diese wurden jedoch in diesen Stunden nicht registriert. Es wurde auch damals nur Positives berichtet, es wurde angegeben, wie viele überlebt haben. In den nächsten Tagen stellte sich wieder eine Art Alltag ein. Ich saß auf unserem Balkon, die Beine durch die Eisengitterstäbe gesteckt und beobachtete die Grabungen nach den Vermissten, den Toten oder Lebendigen. Wer waren diejenigen, die gegraben haben? Zunächst die Überlebenden, sofern sie sich noch bewegen konnten, die Angehörigen und Nachbarn, Einsatzkommandos, sofern sich noch jemand zur Rekrutierung fand. Waren auch Kriegsgefangene von unseren „Feinden", Franzosen und Engländer auf dem Ruinenfeld? Und wie war dann dort die Stimmung denen gegenüber?

Das Zentrum wurde immer öfter von den Fliegern mit ihrer Bombenladung aufgesucht.

Nun, in dieser Zeit 1944/45 war dann auch irgendwie Weihnachten, vermutlich am 24. Dezember. Es ist sehr erstaunlich, dass weder von meiner älteren Schwester noch von mir irgendwelche

Erinnerungen an dieses Weihnachten aufgedeckt werden können. Es fand offensichtlich nichts statt, weder ein Weihnachtlied noch ein Kerzenschein – allerdings Feuerschein allen Orts.

Auf der Südseite unserer Wohnung war ein stattliches Eckhaus mit Gaststätte und Metzgerei. Es wurde voll getroffen und ein wesentlicher Teil bis zum Grund eingeäschert. Ein Mauerrest, der sich an dem benachbarten Gebäude in unserer Straße abstützte, hielt stand. In der nachfolgenden Zeit, der Schutt um die Metzgerei wurde beseitigt und dem anderen Schutt hinzugefügt, wurde diese wieder eröffnet, so blieb die Situation bis einige Jahre nach dem Krieg. Diese Metzgerei hatte jedoch in den nachfolgenden Jahren keine Ware.

Hinter diesem „Gebäude" der Metzgerei, das gesamte Geviert entlang der Straßen nach Süden bis zur nächsten Querstraße und bis hin zu deren Parallelstraßen – alles auf der Rückseite unserer noblen Straße wurde dem Boden gleichgemacht. Die in der Stadt verbliebenen Nachbarn vermuteten, es wurde nie konkret ausgesprochen, dass in den Werkstätten in den Hinterhöfen Kleinteile für die Luftfahrt (von Kriegswirtschaft wurde nicht gesprochen) produziert wurden.

Die Bombeneinschläge in der Nachbarschaft häuften sich. In der Wohnung zeigten sich Risse und Teile aus dem Stuckwerk lösten sich von der Decke. Selbst die Häuser, die nicht bis auf den Boden zerstört worden waren, wurden mehrfach so stark geschüttelt, dass z. B. die eleganten, hohen und schlanken Kachelöfen innen zusammenbrachen, nur die äußere Form blieb erhalten.

Unser Haus und die Häuser in der Nachbarschaft, der gesamte Stadtkern wurde damals schon mit Heizgas versorgt. Es wurde in der Kokerei im Stadtteil Moosach, damals weit außerhalb der Stadt, produziert und in den weithin sichtbaren Gaskessel eingeleitet. Von dort ging es über ein filigranes Leitungsnetz zu den Haushaltungen und Betrieben.

45

Für das städtische Gaswerk war es in den letzten Kriegsjahren eine schreckliche Situation. Das Gaswerk war ein strategisches Ziel und dazu noch leicht zu erkennen – der Gasometer und die Kokerei, bei der in Abständen beim Löschen des Koks jeweils eine große Dampfwolke weit über hundert Meter in den Himmel aufstieg. Nun geriet alles durcheinander – die Kohlenanlieferung, die Gaserzeugung, die Gaslieferung. Das Personal war stark reduziert. Die schönste Aufgabe im Gaswerk, die Gaszähler abzulesen und Rechnungen zu schreiben, wurde hintangestellt. Häuser mit Gasanschluss wurden von den Bomben getroffen, Gasleitungen aufgerissen, Gas strömte aus, es entwickelte sich zu dem gesamten Schaden noch eine erhebliche Explosionsgefahr. Die Gasleitungen und Absperrvorrichtungen lagen unter meterhohen Schutt.

Wie war es in unserem Haus? Ich weiß es nicht, aber sicher nicht ganz einfach.

Und wie war es mit Strom, Wasser und Abwasser?

Sicher waren in diesen Jahren der Bedarf und der Verbrauch an Strom nur ein Bruchteil gegenüber den heutigen Zahlen, aber benötigt wurde er auch. Nicht so sehr, wenn die Verdunkelung verordnet wurde. Elektrizitätswerke, die Motoren für die Wirtschaft und Rüstungsindustrie, waren selbst nur noch zu einem stundenweisen Betrieb fähig. Die zerstörten Leitungssysteme und die Kurzschlüsse in den Häusern und Oberleitungen für die Licht- und Verkehrsbetriebe stürzten ganze Stadtteile ins Chaos.

Bei der Wasserversorgung versickerte ein Großteil im Schutt.

Auszug aus dem Tagebuch der Stadt München

13. Juni 1944 – Noch sind die Toten des amerikanischen Terrorangriffs vom 9. des Monats nicht bestattet, da heulten um 9 Uhr 15 min. heute Vormittag schon wieder die Sirenen. Wiederum ist unsere Stadt das Ziel eines schweren nordamerikanischen

Terrorangriffs. Wohnhäuser, Krankenhäuser, Kirchen werden getroffen, teils zerstört, teils schwer beschädigt. Bisher sind 98 Todesopfer gemeldet. Die Feinde geben ausdrücklich zu, auch Negerstaffeln gegen München eingesetzt zu haben, die uns wohl amerikanische Kultur bringen müssen.

Am 13. Juni fand zwischen 9h17 und 11h02 ein weiterer Angriff auf München statt. Etwa 500 bis 600 amerikanische Maschinen griffen in kleinen Pulks und mehreren Wellen an. Der Angriffsschwerpunkt lag im Norden der Stadt. Das Bombardement forderte mehr als 300 Menschenleben. Die Zahl der Verwundeten betrug 184, die der obdachlos Gewordenen ungefähr 15.000.

14. Juni – Nach dem schweren nordamerikanischen Bombenangriff von gestern Vormittag beglücken in der Nacht auf heute britische Terrorbomber die Hauptstadt der Bewegung mit den Beweisen ihrer Kultur. Kampf gegen die Zivilbevölkerung, gegen die Frauen, Kinder und arbeitsame Männer. Um 24 schreckt die Sirene die Menschen in die Luftschutzkeller. Um 1h05 Vorentwarnung, 1h10 Entwarnung.

Der Angriff vom 13./14. dauerte von 23.48 bis 1.13 Uhr. Er erfolgte konzentrisch aus Süd, West, Südwest und Nordost. Etwa 30 bis 40 Maschinen werfen 79 Sprengbomben, 119 amerikanische Flüssigkeitsbrandbomben, 48 Leuchtbomben, 23 Kaskaden- und vier Blitzlichtbomben. Sie galten Angriffszielen in den Randgebieten der Stadt, den Bahn- und Industriezentren im Norden, sowie den Dornier-Werken in Oberpfaffenhofen. Durch den Volltreffer auf den Standort der Heimat-Flak-Brigarde in München-Trudering wurden 11 Wehrmachtsangehörige getötet und acht verwundet, ungefähr 600 Menschen werden obdachlos.

usw.

In den letzten Monaten des Krieges, bis Anfang Mai 1945, gab es noch eine Steigerung, die Wellen der Zerstörung wurden noch heftiger. Die Widerstandskraft der eigenen Armee schwand, die Übermacht der anderen wurde entsprechend stärker. Die Angreifer trafen auf immer weniger Widerstand. Schließlich wurde Tag und Nacht ohne Unterlass bombardiert.

7.000 Tote, 16.000 Verwundete und 300.000 Obdachlose in der Stadt. Wenn man noch wüsste, wie viel Selbstmorde begangen wurden, wahrscheinlich viele, viele Tausend, dann könnte man die Stimmung in der Bevölkerung spüren. Die Bilanz der Zerstörung: Von 63.000 Gebäuden blieben 2,5 % d. h. 1270 Gebäude verschont.

Der Untergang der Stadt Pompeji war im Vergleich zur Zerstörung unserer Stadt durch den Krieg ein kleines Erlebnis (K. S. Preis, erster Wiederaufbaureferent).

Die Evakuierung

Bei den letzten Zerstörungen in der Stadt, für die letzten Monate des Krieges verließen wir die Stadt. Auch hier eine sehr günstige Konstellation, wie sie zu dieser Zeit wenigen vergönnt war, wir zogen nach Ismaning. Wie war wohl der Umzug? Ich kann niemanden mehr fragen, vermutlich wurde der Umzug mit einem Pferdefuhrwerk meines Onkels, dem Bruder meiner Mutter bewerkstelligt. Die einfache Fahrt von Ismaning in die Stadt dauerte etwa zwei Stunden. Es folgte das Beladen der wertvolleren Möbelstücke, nach welchen Kriterien sie auch immer bestimmt wurden. Der Karren war schnell voll. Wer hatte noch mitgeholfen? Es gab ja kaum Männer und die paar wenigen waren alle sehr beschäftigt. Ein Karren ohne Plane – gab es Regen? Aber noch viel wichtiger, wurden Luftangriffe erwartet. Vorhersagen bezüglich Fliegeralarm für die nächsten Tage gab es nicht. Die amerikanische und britische Armee gaben keine Ankündigungen. Es war Teil ihrer Strategie zur Ermüdung der Bevölkerung. Wenn aber der durchdringende Heulton aufkam, wie reagierten die Pferde? Wo fanden wir auf der Strecke Schutz? Das Wetter, dem das geladene Inventar ausgesetzt war, erschien sekundär. Wie meine Mutter und ich diese Strecke von fünfzehn Kilometern durch die Stadt nach Ismaning kamen weiß ich nicht – und auch hierzu kann ich niemanden fragen. Auf dem Fuhrwerk aufgesessen sind wir nicht. Mit der Eisenbahn? Vermutlich auch nicht, denn der Bereich des Ostbahnhofs und die stadtauswärts liegende Gegend wurden schon mehrfach für die Bombardierung ausgewählt. Irgendwie sind wir dorthin gekommen.

Unsere Einrichtung wurde dort in einer Scheune, in einem Möbelwagen verstaut. Diesen wertvollen Lagerraum teilten wir uns mit unseren ausgebombten Verwandten vom Humboldtshof. Es war alles sehr spannend. Und täglich heulten die Sirenen auf und dann folgten vielfach die Angriffe auf die Stadt.

In Ismaning wohnten wir bei der jüngsten Schwester meiner Mutter und deren Familie, in deren Haus in einem Zimmer. Mein Aufenthalt tagsüber war aber im bäuerlichen Anwesen meines Onkels. Überall gab es gleichaltrige Kinder und so lebte es sich frei. Aber auch dort gab es Fliegeralarm und wir verschwanden in den selbstgebauten Erdbunkern. Nach einem Bombenabwurf suchten wir die Splitter und stellten diese zur Schau wie in späteren Jahren die Exponate nach dem Bleigießen zu Silvester.

In der Nacht stellten wir uns, meine Schwester, meine Mutter und ich, auf den Balkon. Nun, dieser war kein architektonisches Gestaltungselement, sondern ein Freiluftübergang in der ersten Etage vom Haus zum Plumpsklo. Aber von dort konnten wir die Aktivitäten der Krieger beobachten, den Tanz der Lichtstrahlen der Flak (Flugabwehrkanonen), die Leuchtmarkierungen der Flugzeuge für den nachfolgenden Bombenabwurf – Christbaum aufstellen wurde dieses Lichterschauspiel genannt. Meine Mutter blieb immer gefasst. Es waren noch viele Freunde und Bekannte in der Stadt. Würde es unser Haus treffen? Sie wusste, welche Szenen sich in diesen Stunden dort nahezu in Sicht- und Rufweite abspielten.

Mein anderer Onkel, der Hausherr, er war bei der Bahn im Bus- und Lkw-Fuhrpark verpflichtet. Irgendwann kam er am Abend nach Hause und brachte sein Vehikel mit. Die Lkws waren auf Holzvergaser umgerüstet. Ein Teil der Ladefläche wurde ausgespart, um den stehenden Druckkessel aufzustellen. Nun, diesen Lkw konnte man nicht einfach starten, auch nicht einfach abstellen. Es war eine verfahrenstechnische Anlage zur Vergasung von Biomasse. Mein Onkel traf dabei immer auf eine interessierte Schar junger, lernwilliger Beobachter, weniger beim Starten, denn zu der Zeit schliefen wir. Der Start wurde aber schon am Abend vorbereitet und wir waren dabei.

Um das Haus war wie überall umliegend ein Garten und es wurden in dieser Zeit essbare Haustiere gehalten. Im Haus meiner Tante waren es Gänse, nicht gerade die Lieblinge der Kinder, das

Verhältnis beruhte auf Gegenseitigkeit. Eine Schar noch in ihrem Flaum stehende piepsende Geschöpfe besetzte die kleine Wiese. Rasen war damals ein Fremdwort, das keiner kannte. Eines von diesen flauschigen Knäuels hinkte jämmerlich, es war ein so genanntes „Verreckerl" und dieses Geschöpf wurde uns geschenkt. Dieses piepsende Wesen wuchs mit den anderen auf und wurde uns ein lieb gewonnenes Haustier mit dem Ergebnis, dass sich trotz leerer Mägen zunächst erheblicher Widerstand gegen das Töten und Braten einstellte.

Es war an der Zeit, die Gemüsebeete zu bestellen. Der Boden war erst aufgetaut und noch bevor die neue Saat ausgebracht war, wurde ein Depot für Wertsachen angelegt. Ein Loch wurde gegraben und eine Kiste versenkt. Der Fotoapparat und ähnliches hineingelegt und dann wurde die Grube wieder zugeschüttet und bis zur Unkenntlichkeit die Stelle dem Gartenbeet angeglichen. Ich weiß nicht, wann und wie die Schatzhebung nach dem Krieg durchgeführt wurde.

Die Todesnachricht

Es war am 26. Januar 1945, meine Mutter spürte es, jetzt war etwas geschehen, passiert, ohne es benennen zu können. Sie war unruhig. Nun, die nachfolgende Schilderung stammt nicht aus der Erinnerung, sondern aus Berichten und Erzählungen.

An diesem Tag ist mein Vater gefallen. Beim Rückzug der Ostfront in Polen am Fluss Narev. Es war ein harter Binnenlandwinter. Der Fluss war gefroren und konnte so auch überschritten werden. Eine kleine Gruppe von Soldaten lagerte in einem provisorischen Unterstand und davon wurde wiederum eine kleine Gruppe als Beobachterposten an das Flussufer abkommandiert – mein Vater war mit dabei. Es dauerte etwas, die Zurückbleibenden bekamen keine Meldung. Eine noch kleinere Gruppe wurde benannt, darunter auch, vermutlich aus eigenem Drang der persönliche Vertraute von meinem Vater, um dorthin zu gelangen, um nachzusehen. Die beiden fanden sie alle erschossen im Schnee liegend. Es waren auch russische Soldaten darunter. Von den Kameraden wurden die Soldatenmarken abgenommen und ein „Ehrengrab" erstellt. Nun, wie könnte dies ausgesehen haben? Der Boden hart gefroren, kein Pickel, keine Schaufel, nur Gewehr und andere Waffen. Schnell ein paar Zweige von den Bäumen gerissen und auf die starren Körper gelegt – eine Minute still gestanden, eine lange Minute. Die beiden mussten annehmen, dass sie bereits im Visier der nachrückenden russischen Soldaten waren. Sie mussten auch annehmen, dass die andere Seite, die Russen eine ähnliche Aktion geplant hatten, ihre eigenen toten Kameraden aufzusuchen.

Zurück zum Ausgangspunkt übergaben sie die Marken dem „Chef". Anschließend wurde der Freund meines Vaters verletzt und, oh Glück, er wurde mit dem letzten Verwundetentransport in die Heimat transportiert. Bald danach wurde die gesamte Gruppe aufgerieben – keiner überlebte. Auch die Marken waren verloren.

Im Fortgang dieser mörderischen Situation, in den Weiten des Ostens, ist es vermutlich dazu gekommen, dass die Bevölkerung und auch die nachrückenden Soldaten die Kleider und Schuhe der Leichen für den Eigenbedarf mitnahmen. Nachfolgend wurden die Kadaver von den Krähen aufgedeckt und entsorgt. Sollten es nicht die Krähen besorgt haben, so zeigten sich diese Toten im Frühjahr, etwa zum Zeitpunkt des Kriegsendes, als Schneeglöckchen im Tageslicht. Der Begriff stammt aus dem Russischen. Diese Formulierung wurde in Moskau verwendet, wenn es nach einem langen Winter taute und die Toten der Stadt, die Erfrorenen, sei es wegen des Alkohols, Mordes, Armut an der Oberfläche auftauchten.

In der Ismaninger Kirche gab es eine Totengedenkfeier.

Das Kriegsende

Die Bilder von der Zerstörung Stalingrads 1942/43 wurden erst nach dem Krieg in unserer Bevölkerung bekannt. Aber so sahen nun auch die Stadt München und die meisten anderen Städte aus. Der Unterschied war die Art der Zerstörung. In Stalingrad waren es Bodenkämpfe von Haus zu Haus gewesen. In München war es nur die Bombardierung aus der Luft. Dennoch, es war der Befehl gegeben, die Stadt bis zum letzten Haus zu verteidigen. Die Eroberung der einzelnen Häuser und Straßen hätte der Bevölkerung und der restlichen Bausubstanz den Rest gegeben.

In diesen letzten Stunden geschah es aber auch, dass eine Gruppe aufrechter Widerstandskämpfer in das Erdinger Moos zu dem dort weithin sichtbaren Großsender – einer Holzkonstruktion nach dem Vorbild von Eiffel mit einer Höhe von über hundertsechzig Metern – vorstieß und diesen militärisch besetzten. Es war Hauptmann Dr. R. Gerngross mit seiner Kompanie, der dies durchführte und über den „Äther" das Ende des Hitlerregimes erklärte. Es war nicht nur der Aufruf an die Bevölkerung die Seiten zu wechseln, den Widerstand gegen die heranrückende amerikanische Armee einzustellen, es war gleichzeitig der Aufruf zur „Fasanenjagd". „Fasenjagd" war das Codewort, die „Goldfasane", die hoch dekorierten Nazibonzen, zu jagen und zu stellen. Der Aufruf von Dr. R. Gerngross wurde sowohl bei der Bevölkerung, bei den Amerikanern, bei den unverbesserlichen Kriegstreibern als auch den KZ-Häftlingen, die mit ihren Bewachern von Dachau in Richtung der in Bau befindlichen Alpenfestung unterwegs waren, gehört, aufgenommen und verstanden. Dann versuchte jeder für sich sein nacktes Leben zu retten.

Die Wachsoldaten der „Mannschaften" waren verschwunden, beschafften sich eine andere Kleidung, vielleicht kostete dies noch ein weiteres Leben. Tausende Halbleichen, die Getriebenen aus dem KZ Dachau standen, nur Haut und Knochen, irgendwo auf den Straßen.

Im Einzugsbereich der FAB wurden von der SS und anderen Fanatikern noch Hinrichtungen und Exekutionen durchgeführt. Es wurden einige der Widerstandskämpfer deutlich sichtbar an Bäume, Laternen und Balkone gehängt.

Es waren auch noch viele Kriegsgefangene im „Dienst". Für jeden Einzelnen eine sehr entscheidende Situation. Keiner hatte glaubwürdige aktuelle Informationen. Wo waren die Wachmannschaften plötzlich? Sie waren sicher nicht so hoch belastet wie die KZ-Häftlinge. Dennoch, viele hatten Hunger und eine Wut im Bauch und etwas Leben in den Knochen.

Für sie war der Krieg jetzt aus.

Die FAB (Freiheitsaktion Bayern) war eine in der Dolmetscherkompanie des Militärs integrierte Widerstandsbewegung unter der Führung von Hauptmann Dr. Rupprecht Gerngross, die viele Jahre im Untergrund operierte. Er hat all die gefährlichen Situationen überlebt. Nach Kriegsende, 1947, wurde in der Stadt in Schwabing das Tor der Stadt nach Norden der Feilitschplatz in „Münchner Freiheit" umbenannt und eine Gedenktafel angebracht. Für eine Straßen- oder Platzbezeichnung hat es in der Stadt nicht gereicht, vermutlich weil er keinen Heldentod gestorben war.

Viele Jahre nach dem Krieg meldete sich Gerngross als einer der persönlich für Freiheit Flagge zeigte wieder zurück. In Shanghai geboren und aufgewachsen, ließ er in den Sechzigerjahren dort eine chinesische Dschunke bauen und brachte diese zur Adria, nahe Triest. Sie wurde auf den Namen „Mao Yee", d. h. „Münchner Freiheit" getauft. In der Zeit des Balkankrieges zeigte sie sich mit ihren roten Segeln als Friedensbotschafter entlang der Küste im Mittelmeer, aber dies ist eine andere Geschichte. Dr. R. Gerngross kam in die Jahre und übergab dieses Symbol für Zivilcourage an Hannes Schacht. Dieser steuerte die Dschunke im Balkankrieg gegen alle Seebarrieren, beladen mit notwendigen gespendeten Gütern, in die Küstenstädte. Eine besondere Aktion war, als er mit einigen jungen Musikern aus einem Münchner Gymnasium in diese Städte segelte und in den angelandeten Häfen, auf deren Plätzen und in deren Basiliken musizierte. Hier ist auch an dieser Stelle den Eltern der Jugendlichen hohen Respekt zu zollen. Ich konnte später auch noch etwas beitragen und wurde daraufhin zum „Ehrenkapitän der Mao Yee" ernannt.

Die letzten Kriegstage waren allen Ortes einprägsam – ein verrücktes Spiel in den letzten Stunden mit vielen Toten unter der Bevölkerung, den Beamten in der Gemeindeverwaltung, den örtlichen Parteiführern, den Nachbarn links und rechts. Eine sehr realistische und detaillierte Aufzeichnung dieser kritischen Stunden am 28. April 1945 ist über die Kleinstadt Penzberg vorzufinden.

Ein Ereignis mit bleibender Erinnerung waren die letzten Kriegstage an unserem Ort, in Ismaning, gelegen zwischen der Hauptstadt der Bewegung und dem vorhin genannten Großsender.

Es war der Volkssturm, beobachtet von einer gehobenen Position auf dem Gartenzaun. Diese Aktionen waren vielerorts im Land im Gange. In Ismaning war die Situation, dass die amerikanische Armee im Erdinger Moos, im heutigen Gebiet des Flughafens, sich auf die Stadt zu bewegte. All die männlichen Wesen, die noch im Dorf waren, wurden von der SS mobilisiert und „bewaffnet" mit Heugabeln, Dreschschlegeln, sehr bayerisch wie in München-Sendling vor zweihundertfünfzig Jahren. Damals war es eine ehrenhafte Aktion die Besetzer zu vertreiben. Aber wer hat in diesem Krieg was besetzt? Ob in unserem Haus auch die „Botschaft" der FAB empfangen wurde – ich kann leider keine Information einholen. Auch wenn dieser Aufruf verstanden wurde, so konnte man den Mitläufern beim vorüberziehenden Volksturm diese Botschaft nicht vom Gartenzaun zurufen. Die begleitenden SS-Männer hätten schnell gehandelt.

Die letzten Stunden des Krieges waren sehr angespannt. Im Speichergeschoss hatten sich meine Tante und ich verkrochen. Sie hatte eine Stange mit einem weißen Tuch vorbereitet. So lagen wir lautlos auf der Lauer und beobachteten die Straße und hörten sensibel nach gefährlichen oder befreienden Geräuschen. Sicher durfte auch niemand wissen, wo wir uns aufhielten. Die weiße Fahne zu früh gezeigt, hätte die sichere Hinrichtung zur Folge gehabt. Endlich war der richtige Zeitpunkt gegeben.

Die ersten Tage nach dem Tag X. Mit Getöse meldeten sich die Armeefahrzeuge. Sie kamen durch die Dorfstraße, davon gab es damals in Ismaning zwei, parallel Nord-Süd gerichtet. Wir wohnten an der einen, bei der anderen fuhren sie ein. Einige Fahrzeuge, schwere Lkws, gepanzert, fanden sich in einem Hof eines Großbauern ein und parkten dort für eine länger anhaltende Rast.

Es war unbehaglich und sicher sehr spannend. Wer geht als erstes auf die Soldaten zu. Ich glaube, dass wir Kinder unaufgefordert und ohne Auftrag von den Alten eine Brückenfunktion eingenommen hatten und wir wurden herzlich empfangen. Wir bekamen auch kleine Geschenke – alles sehr bescheiden. Es waren kleine fingernagelgroße Bonbons und wir lutschten diese andächtig und genüsslich. Der Nebeneffekt war eine längst überfällige Mundhygiene, diese kleinen Tabletten waren Zahnpasta. Wir staunten, alles war neu, groß, pulsierend vom letzten Einsatz. Wir konnten über einen schmalen Weg direkt von unserem Zuhause hinüberlaufen. Meine Schwester war natürlich auch von Anfang an mit ähnlichen Eindrücken dabei. Besonders zu bestaunen, der Anblick der Schwarzen, damals haben wir ohne jede Bewertung diese Personen als „Neger" bezeichnet. Meine Schwester bekam von einem eine Orange geschenkt. Sie war total überfordert. Keiner von uns kannte diese Frucht und es wurde ihr liebevoll gezeigt, wie diese zu essen sei. Aber es war noch ein zweites, der Soldat gab ihr die Hand und sie prüfte umgehend, ob die Schwärze nicht abginge. Die Neugierde war groß, dennoch, bei den Soldaten waren nur wenige Bürger anzutreffen. Mussten die Erwachsenen im Haus bleiben?

In diesen Tagen wurden von den Soldaten die Hausdurchsuchungen durchgeführt. Natürlich auch bei uns. Gesucht wurde nach Waffen und Beweisen der SS-Zugehörigkeit, sicher auch nach Brauchbarem. Wir hatten nicht den Eindruck, dass sich die drei Soldaten, die bei uns waren, bereicherten. Alles wurde geöffnet, Schränke und Schubladen und jeder Winkel, hinter dem sich etwas verstecken ließe. Manchmal wurde mit grober Hand der Inhalt durchgewühlt. Alles war sehr aufregend aber wir hatten ja nichts zu verbergen. Als sie draußen waren, gab es einen Schlag, etwas war zu Boden gefallen – im Schrank. Meine Mutter wurde sehr bleich im Gesicht. Ihr war sofort klar – es war der Paradesäbel meines Vaters, den sie so gut versteckt hatte, dass sie ihn in Vorahnung dieser militärischen Maßnahmen nicht mehr fand. Dieser fiel auf den Schrankboden. Mit so einem Zierwerk konnte man zwar keinen Krieg führen aber so ein Vorzeigestück des letzten Regimes hätte zu Fehlbewertung unserer Familie führen können. Und wenn wir gesagt hätten, dass mein Vater nur Musik gemacht hatte, wäre es etwas komisch angekommen – Karl Valentin haben die ja nicht gekannt. In den nächsten Stunden und Tagen waren wir mit der Vorbereitung zur Entsorgung dieses symbolhaften Zeichens beschäftigt. Der zur Ausführung ausgereifte Plan war, diesen Säbel in den relativ großen Dorfbach, einen Zufluss der Isar zu versenken. Wann und wie? In diesen Tagen fiel jeder auf der Straße auf. Meine Mutter musste damit rechnen, von der Militärpolizei aufgegriffen und kontrolliert zu werden. Auf den Straßen im Dorf fuhren ständig Patrouillen, dennoch, sie riskierte es. Sie band den Säbel mit einer Schnur um den Hals und stülpe ihren Mantel darüber. In einer etwas unnatürlichen Haltung wurde das Band auf der Brücke gelöst und der Säbel verschwand mit der Spitze im Bewuchs des Baches. Der Sicherheit wegen wurde die Prozedur vorher im Zimmer durchgespielt. Auf dem Weg dorthin und während der Ausführung musste ich alles, was sich regte, beobachten und registrieren. Ich weiß noch, dass unmittelbar nach unserer erfolgreichen eigenmächtigen Entwaffnung ein Jeep um die Ecke fuhr.

Nach diesen ersten Tagen war es nach außen ruhig. In kleinsten Kreisen wurde sicher sehr viel besprochen und analysiert, z. B. wer der Besitzer und Betreiber des stattlichen Nahrungsmittel- und Weindepots im Ort war, das Stunden vor dem Kollaps aufgebrochen worden war? Wir liefen auch dorthin, um etwas zu erhaschen – mit mäßigem Erfolg.

Jeder hatte damals seine Rolle und sein Schicksal und dann kam der Tag danach. Die Nachbarn, Bekannten, Verwandten, Dorfgemeinschaft. Wer hatte welche Rolle gespielt? Wer hatte welche Karten gespielt?

Es ist in unserer Zeit unvorstellbar, dass das gerade geschilderte über Jahre anhaltende Desaster mit Menschen aus der Nachbarschaft möglich war. Die Situation der wenigen überlebenden jüdischen Personen in den Tagen, Wochen und Jahren danach. Die Nachbarn hatten sie über Jahre versteckt gehalten und sie „krochen dann an die Oberfläche". Wie vorsichtig blickten sie sich um. Wo waren die Mörder? Über sechs Millionen ermordete Juden und Sinti. Die Angehörigen, die es schafften, ins Ausland nach USA zu entkommen, sie distanzierten sich von ihren Glaubensbrüdern, die nach dem Krieg in Deutschland blieben, denn es war ungeheuerlich, im Land der Mörder weiterzuleben.

„Wehret den Anfängen!" (F. J. S.)

Kriegsopfer in Europa nach Kriegsende (wikipedia), sofern dies in Zahlen ausgedrückt werden kann: 50 bis 80 Millionen Tote (Vergleich 10 Millionen Tote im Ersten Weltkrieg). 18 Millionen Deutsche, davon 5,3 Millionen Soldaten. Wer zählte die Verletzten, die Selbstmörder, die Vermissten?

Die Rückkehr

Unmittelbar nach dem Krieg, sobald die ersten Ämter wieder ihre Pforten öffneten, beantragte meine Mutter die Kriegsrente, ohne die Erkennungsmarke ihres Mannes vorweisen zu können. Aufgrund der Zeugenaussage seines Freundes, der nur wegen seiner Verletzung den Krieg überstanden hatte, wurde die Rente gebilligt. Aber die erste Auszahlung dauerte bis wenige Wochen vor der Währungsreform. Es waren drei Jahre, eine lange Zeit, besonders unter diesen Umständen, auch dies noch. Dann endlich der Bescheid und auch die Nachzahlung. Der Geldwert hat sich in den Nachkriegsjahren erheblich verschlechtert, so dass meine Mutter von der Nachzahlung auf dem Schwarzmarkt ein halbes Pfund Butter hätte einlösen können.

Es gab auch behördliche, ministerielle Hürden, um die Rückkehr genehmigt zu bekommen, denn ohne Arbeitsanstellung kein Anspruch auf eine Wohnung und ohne festen Wohnsitz keine Arbeitserlaubnis. So einfache Verordnungen sind beständig.

Ende des Sommers 1945 kehrten wir wieder nach München zurück. Vermutlich waren es mehrere Fuhren mit dem zweispännigen Pferdegespann. Ich kann mich nur an eine Fahrt erinnern. Es mussten für den Transport und für diese Strecke Genehmigungen eingeholt werden. Die Brücke über den Isarkanal in Unterföhring war gesprengt. Eine Behelfsbrücke wurde aufgebaut, deren Zustand sich erahnen lässt. Mein Onkel führte die beiden Pferde, ich bin aus Sicherheitsgründen nach dem Fuhrwerk zu Fuß über die Brücke gegangen. Ein Militärposten ließ nur Einzelne passieren. Auf dem Weg in die Stadtmitte wurde sichtbar, was noch alles in den letzten Monaten zerstört worden war.

Mein Onkel war über die Situation in der Stadt und in den Straßen, über das Leben und den Zustand der Häuser relativ gut informiert. Er war verpflichtet, in dieser schrecklichsten Zeit ab Mitte 1944 nach den Fliegerangriffen mit seinem Fuhrwerk die Leichen abzutransportieren. Eine erhebliche Doppelbelastung, denn auf dem Hof gab es viel zu tun, auch um die Vorgaben der Nahrungsmittelproduktion für die Bevölkerung zu erreichen. Schweine, Kühe, Hühner, Milch, Kartoffeln, Kraut, Rüben. Immer wenn es einen Fliegeralarm mit anschließendem Bombenabwurf gab, musste er in die Stadt ausrücken. Von unserem Haus in der Rumfordstraße gab es keine glaubwürdige, fundierte Information. Ob das Haus noch stand oder in welchem Zustand es war oder wer derzeit darin wohnte.

Ich kenne keine Erzählung von ihm von diesen Leichensammelfahrten. Es wurde im Allgemeinen wenig von den Erlebnissen gesprochen, weder von den Soldaten von der Front, noch von den Männern und Frauen in den Chaoszonen, aber ein realistisches Bild konnte sich ein jeder erstellen. Wer sagte meinem Onkel, welche Straßen frei waren, um mit seinem Fuhrwerk durchzukommen? Wie reagierten die Pferde, wenn es noch brannte und noch nach verkohlten Teilen stank. Da fand sich noch einen Körperteil – wohin damit? Wohin mit den Leichen? Wer gab Auskunft? Wo war deren Familiengrab? Auf dem Ostfriedhof oder auf dem Westfriedhof? Es gab noch mindestens weitere zehn Möglichkeiten. Wer übertrug die Namen in die Listen, wer führte die Listen, wer verständigte wen? Tausend Fragen – alles alltägliche Arbeiten. Auch ein Alltag.

Natürlich spitzte sich die Frage zu, in welchem Zustand und ob überhaupt wir unser Haus und unsere Wohnung antreffen würden. Und wenn das Haus noch stehen sollte, so war es sicher von obdachlos gewordenen Bürgern besetzt. Auch viele Flüchtlinge drängten mit ihrer Habe in die Stadt und suchten ein Dach über dem Kopf.

Nun, wir kamen in die Rumfordstraße, das Haus stand noch. Wer lebte noch von den Hausbewohnern? Wer lebte noch im Haus?

In der Zeit der Evakuierung war das Haus stark beschädigt worden. Das oberste Stockwerk brannte aus, die darunter liegende

Wohnung brach in sich zusammen. In Absprache mit den betroffenen Mietern zogen diese in unsere Wohnung und hielten mit den beiden anderen langjährigen Untermietern die Wohnung besetzt. Es war nicht so eine übliche Wohnungsüberlassung, geordnet, vertragstreu. Es gab gebrochene Fenster, notdürftig vernagelt, in einem Zimmer lag die gesamte Stuckdecke auf dem Boden, im zweiten Zimmer war die Decke nur teilweise auf dem Fußboden verteilt. Im Schlafzimmer war auf der Straßenseite ein größeres Loch in der Mauer. Schutträumen in der Wohnung mit Kübeln über drei Etagen. Die Entsorgung war kein Thema, denn in der Nachbarschaft gab es genügend Schutthalden, da konnte man ihn hinzufügen.

Und da war noch das große Loch in der Außenmauer im Schlafzimmer zu schließen. Wahrscheinlich übernahmen diese Aufgabe die Hausherren.

Wie konnte man kochen und heizen? Waren die Kohlen noch im Keller und woher bekamen wir etwas zu essen?

Es begann ein Leben auf niedrigstem Niveau. Der Krieg war vorbei, jedoch wusste man nicht, wie sich die Situation ändern würde – es gab kein Licht im Tunnel.

Die Gashähne für die Küchenherde waren zu prüfen. Strom und Wasser gab es schon wieder. Welche Belastung konnte man den Treppen zumuten. Die Balkone blieben gesperrt. Nach heutiger Risikobewertung würde man das gesamte Stadtgebiet auf Jahre sperren – „Betreten verboten".

In der Rumfordstraße fuhr noch keine Trambahn rum.

Die nächste Nachbarschaft wurde erkundet. Jeder Einzelne wurde, nachdem er wieder zum Atmen und dann noch zum Denken gekommen war, erschüttert, diesmal nicht von den Druckwellen, sondern vom Elend im Ausdruck der Gesichter, der mitgeführten Habe, von den gegrabenen Löchern in den Schutthalden, die den Eingang einer übriggebliebenen Welt zeigten. Der alte Volksempfänger wurde wieder aufgestellt. Heitere Unterhaltungssendungen gab es sicher auch, aber an die kann ich mich nicht erinnern. Stattdessen, stundenlang das Verlesen von Namen und sonstiger Merkmale der Vermissten – es waren zu Kriegsende zehn bis fünfzehn Millionen – Menschen, Personen, darunter auch viele, viele Kinder. Die Bäckerei und der Milchladen öffneten wieder. Aber es gab nichts zu kaufen, nur die kleinen Mengen, die auf den Lebensmittelkarten angegeben waren.

Ich kann mich auch nicht erinnern, auch nicht von Erzählungen, dass bei der Rückkehr der Bürger in ihre Wohnungen irgendwelche Partys so genannte „house warming partys" oder Ähnliches gegeben wurden. Aber ich erinnere mich – es war alles sehr still, schweigsam, introvertiert.

Das Leben in der Stadt

Unmittelbar nach der Rückkehr in die Münchner Wohnung ging meine Mutter auf Arbeitssuche, um von dem Erlös unsere Ernährung zu sichern. Rentenanspruch, ja. Rentenzahlung, nein.

So ging sie täglich viele Stunden zum Schutträumen und Bauputzen. Zunächst bei der Bahnverwaltung nahe dem Hauptbahnhof. Bald danach eröffnete im Parterre dieses Gebäudes ein Restaurant-Café für die Reisenden, das „Café Gut", und sie bekam eine Stelle als Küchenhilfe. Dann folgte eine vergleichbare Stelle im Münchner Künstlerhaus, ein Treffpunkt der amerikanischen Offiziere. Manchmal gab es auch Reste aus der Küche. Das deutsche Personal wurde streng überwacht, damit nur Reste vom Teller für den Eigenbedarf eingepackt wurden. Einmal gab es eine Weihnachtsfeier mit kleinen Geschenken für die Kinder des deutschen Personals. Später übernahm meine Mutter noch weitere Stellen im Postgebäude am Goetheplatz. Manchmal waren wir, mein Schwester und ich, als kleine Helfer dabei – Eimer tragen, Körbe ausleeren.

Der Arbeitsweg zwischen den Ruinen, und dies in den sehr frühen Stunden des Tages, war ein Abenteuer. Die erste Hürde war das Treppenhaus, manchmal im Finstern, die Glühbirnen waren abgeschraubt oder es gab sonst ein Schaden. Obdachlose hatten sich zur späten Stunde im Treppenhaus eingenistet – meist harmlos, aber wusste man es?

Eines Tages war große Aufregung, meine Mutter stürzte am frühen Vormittag in die Wohnung, nahm noch einiges aus der Schublade und verließ unter ständigem halblauten Schimpfen die Wohnung. Was war passiert? Im Übereifer der Pflichterfüllung war sie zu früh von zu Hause weg zur Arbeit gegangen. Es war noch Sperrstunde und eine Streife der amerikanischen Militärpolizei griff sie auf, nahm sie fest und steckte sie ins Gefängnis. Diese Situation, eine Frau mit vierzig Jahren in der schäbigsten Kleidung auf den von

Schutt geräumten Straßen, in der Annahme, die Kinder schliefen entspannt, einsam in der Nacht und dann dies. Kurzum, sie musste trotz impulsiver Proteste für kurze Zeit ins Gefängnis (in das Cornelius-Gefängnis gegenüber dem Deutschen Museum, dort, wo heute das Europäische Patentamt steht) und eine Geldstrafe musste sie auch noch zahlen.

Ein beachtlicher Anteil bei der Schutträumung wurde von den „Trümmerfrauen" erledigt. Diese abgemagerten Gestalten standen verteilt über die Halde und klopften die noch brauchbaren Ziegelsteine für den nachfolgenden Wiederaufbau. Der Personenkreis, den man dort antraf, war gemischt. Frauen, deren Männer gefallen, vermisst oder noch in Gefangenschaft waren, die Geld verdienen mussten. Hauseigentümer mit ihren Mietern, Kriegsgefangene und eindeutige Parteigänger mit ihren amerikanischen Wachposten. Die Arbeit wurde ausgeführt ohne Sicherheitsbelehrung, ohne Sicherheitskleidung, ohne Sicherheitsschuhe, ohne Helm, ohne Sicherheitsbrille usw. Sie hantierten zwischen den ungesicherten Mauerresten und klopften, bildeten eine Transportkette und schichteten die Ziegel wieder auf. Meine Mutter war mit dabei. Besonderen Einsatz zeigte sie mit anderen Frauen aus der Pfarrei Heilig Geist dabei, das Baumaterial für den Wiederaufbau der Kirche zu gewinnen. Diese wunderbare Kirche, für die ich schon als Dreijähriger eine intensive Vorliebe zeigte, bei dieser Kirche standen nur noch die Außenmauern. Die Säulen, die die wunderbare barocke Stuckdecke mit den Fresken von Asam trugen, waren nur noch kurze Stummel und der Turm war leer, ohne Glocken und ohne Haube.

Zu Hause wurde in kleinen Schritten die Wohnung von den direkten Schäden wieder instand gesetzt. Dennoch, Gefahren lauerten noch da und dort. Eines Tages löste sich über meinem Bett ein ellenlanges Stück des Zierwerkes von der Decke und schlug auf den Diwan, mein Bett, in Kopfkissenposition. Das Ergebnis der nachfolgenden Risikobewertung führte dazu, dass meine Schlafstelle abends einen halben Meter von der Wand abgerückt wurde.

Nun ging es im gesamten Stadtgebiet ans Aufräumen. Unter Stadtgebiet möchte ich in diesem Zusammenhang etwa das Gebiet der derzeitigen Parkzone bezeichnen, das heißt, die Stadtteile Maxvorstadt, Isarvorstadt, Lehel, Giesing, Sendling usw.

Ein Reparieren im heutigen Sinn war nicht möglich, denn es gab keine Materialien, keine Handwerker, kein Werkzeug. Mit gezogenen und gerichteten Nägeln wurde ein Wetterschutz gezimmert oder ein Geländer aufgestellt.

Die Straßen waren größtenteils nur im Mittelstreifen geräumt. Auf beiden Seiten stieg der Schutt in die leeren Häuserfassaden bis zu den oberen Etagen. Manche Bürger hatten selbst in dieser Situation noch Humor, so erzählte man sich vor dem Atlantik-Filmpalast, von dem nur noch die Außenmauern standen: „Heute gehen wir ins Kino – es wird der Film „Blick in die Freiheit" gezeigt."

Unsere Tante, einer Schwester meines Vaters, und Onkel Karl, die sich nach der Zerstörung der elterliche Gaststätte in München eine Gaststätte mit Metzgerei südlich von München in Richtung Miesbach pachteten, luden uns drei ein, die Weihnachtstage in der ländlichen Idylle zu verbringen, um auch etwas Abstand zu den Ruinenfeldern zu bekommen. Meine Mutter nahm diese Einladung dankbar an. Nun, die Strecke war etwa vierzig Kilometer lang, Bahnfahrt in Richtung Bayerischzell bis Wangen im Mangfalltal, dann zu Fuß etwa eine halbe Stunde bergauf bis ins Dorf.

Jedoch die Umstände! Fuhr ein Zug, und wann? Wie konnte die Tante verständigt werden, wann wir ankamen?

Heilig Abend, am Nachmittag ging es ab, ein schöner weißer Wintertag. Unsere Kleidung war nicht so typisch, kein Outdoor-Design, vielmehr wir waren gut beraten, alles anzuziehen, was zur Verfügung stand, denn es war fast ein arktisches Unternehmen – mit unbekanntem Ausgang. Fahrkarten, Fahrplan – nicht so, wie heute. Die Personenwagen waren kurz, etwa in der Hälfte wie heute, zwischen den Waggons ein offenes Gitter und dann mittig die Tür. Im Waggon Holzbänke, so weit alles noch normal. Ungewöhnlich aus heutiger Bewertung war, dass es an diesem kalten Wintertag keine Heizung und kein Licht gab und darüber hinaus die geborstenen Fenster nur mangelhaft mit Brettern vernagelt waren. Dennoch, die Dämmerung an dieser ersten Weihnacht nach dem Krieg – ein Reisen ohne Luftangriffe war schon Frieden pur. Die Stimmung im Waggon steigerte sich, als ein paar Bergfreunde zustiegen, die auf dem Weg zu ihrer Weihnachtsfeier in den Schlierseer Bergen waren. Sie packten ihre Zither aus, zündeten eine Kerze an und spielten mit ihren klammen Fingern – Weihnachten pur.

Spannend war es auch, denn wir waren vorher noch nicht in dieser Gegend gewesen. Draußen war es bereits dunkel und die Bahnhöfe waren nicht beleuchtet. Die Mitfahrer waren aber heimatkundlich gebildet.

Am Bahnhof wartete die Tante in der Dunkelheit. Nach einer herzlichen Begrüßung stiegen wir in Reihe im Schnee lautlos bergan – mein Teddy war dabei. In einer gut geheizten Stube dann die Begrüßung. Die Stunden vergingen im Flug und vor der Mitternachtsmette gab es eine kräftige Fleischbrühe aus der Metzgerei. Dies war sehr gut gemeint, jedoch die Verträglichkeit wurde im Vorfeld nicht geprüft und so kam es nicht ganz überraschend, dass meine Schwester wegen Übelkeit die Christmette im Haus verbringen musste. Am nachfolgenden Tag zeigte der Onkel uns seine Metzgerei. Aus heutiger Sicht nichts Besonderes, jedoch unvergesslich die Szene, als er eine kleine Tür in der Wandnische öffnete und eine Fünflitertüte mit schwarzen Pfefferkörnern zeigte – sein Schatz in seinem Tresor.

Und zu Hause – immer wieder Kraut und Kartoffeln, und auch das nur aufgrund der Beziehung zum elterlichen Hof vor den Toren der Stadt.

Das Brot wurde streng und exakt in Scheiben für mich und meine Schwester geteilt. Ich weiß noch, meine Scheibe versteckte ich in dem Spalt zwischen dem Küchenkasten und der Küchenwand und dann gab es Zoff: „Wer hat von meinem Tellerchen gegessen? Wer hat aus meinem Becherchen getrunken?" Nein, nicht so lieblich wie im Märchen, sondern in voller Härte. Alle hatten Hunger.

In dieser Zeit waren sehr viele Bettler auf der Straße. Es waren Menschen, die nichts mehr hatten außer dem, was sie am Körper trugen und dies beschränkte sich auf die eigene Haut und die geretteten Kleidungsstücke. Sie waren unaufdringlich und still.

Und dann gab es noch die Künstler. Wenn eine oder einer die oben geschilderte Zeit so weit überlebt hatte und dabei nur ein oder zwei Finger verloren hatte, so konnte er sich glücklich fühlen, wenn es aber zum Beispiel einen Musiker getroffen hatte, der all die Jahre auf die Meisterklasse seines Faches geübt hatte, so war auch diese Situation sehr bitter. Dieser Personenkreis war gezwungen, auf die Straße zu gehen und ein paar Pfennige zu sammeln. Gemalt wurde mit dem Mund oder mit den Zehen, musiziert mit zum Teil selbst gebastelten Instrumenten. Eine Faszination, wenn es nicht so traurig gewesen wäre.

Im nördlichen Geviert, wie es sich von unserem Balkon aus abzeichnete, stand in einem der Hinterhöfe ein großer Lindenbaum. Wir sahen nur die Baumkrone, das einzige Grün, soweit das Auge reichte. Er war die Freude aller Anwohner. Zunächst die Bewunderung, dass dieser Baum all die Bombeneinschläge in unmittelbarer Nachbarschaft überstanden hatte. Im Frühling der Nachkriegsjahre war es immer ein eindrucksvolles Zeichen dafür, dass das Leben weiterging und zu neuer Blüte fähig war.

Beim Wiederaufbau stand dieser Baum im Weg.

Der Schulanfang

Es war bereits Winter 1945/46 und ich war im Alter von gut sechs Jahren. Es war höchste Zeit für die Einschulung.

Nun, direkt am Isartor war bis gegen Kriegsende ein Filmpalast und in der Fortsetzung dieses Gebäudes war meine Schule. Von dem gesamten Komplex standen nur noch die Außenmauern. Mein Schulweg führte deshalb zur nächsten Schule, der Blumenschule am Sendlinger-Tor-Platz. Es war im Dezember 1945. Meine Mutter führte mich am ersten Schultag erstmalig und einmalig über das Trümmerfeld über den Jakobsplatz dorthin. Der verzögerte Schulbeginn war leicht zu begründen, das Gebäude war ohne Heizung und ohne Fenster und auch sonst war da nichts.

Ein erstes Treffen in dem geisterhaft wirkenden großen Gebäude. Ich kannte keinen aus diesem Jahrgang. Wir waren etwa fünfzig Kinder. Die große Zahl resultierte aus der Situation, dass zwei Schulen zusammengelegt worden waren. Wir wurden registriert. Der Raum war verrußt, unbeheizt und nur von wenigen Fenstern erhellt, die anderen waren verschalt. Die Lehrerin wurde uns vorgestellt, dies war alles. Dann bis morgen. Kein Bonbon – nichts.

Sicher haben sich die Mütter, viele in ähnlicher Situation wie meine, abgesprochen, wer in der nächsten Zeit die Kinder auf deren Weg beobachtet, um so Schlimmstes zu vermeiden. Beaufsichtigt wurden wir nicht.

Die Schulzeit

Meine Schwester und ich waren Schlüsselkinder, wie fast alle. Der Hausschlüssel wurde um den Hals gebunden. Meine Kleidung in den Jahren 1945 bis nach der Währungsreform 1948 waren im Winter lange Strümpfe, vielfach geflickt und mit notdürftigen Strapsbändern gehalten, und Schuhe, deren Sohlen abgingen, mit Schnürsenkel oder Spagat mehrfach zusammengeknotet, und dann noch alles, was als Kälte- und Regenschutz gewertet werden konnte. So gingen wir vereinzelt in Richtung Schule.

Auf dem freigeschaufelten Jakobsplatz, auf dem Trümmerfeld südlich des Stadtmuseums wurde einer von etwa sechs zentralen Schuttbergen als Zwischendeponie im Stadtzentrum angelegt. Auf provisorisch verlegten Schienen wurde mit Kippwagen aus dem Geviert der Schutt antransportiert und bis zu einer Höhe von drei Etagen eines Stadthauses aufgeschüttet. Der Berg zog sich auch in die Länge und verlief quer zu meinem Schulweg. So war die tägliche Entscheidung, drum herum oder drüber? An diesem Schuttberg änderte sich die Szene – es wurde gesellig wie später unter Bergfreunden.

Obwohl sicher beim Verladen des Schuttes eine erste Vorsortierung von brauchbaren, peinlichen und sehr persönlichen Dingen bis hin zu Körperteilen vorgenommen worden war, zeigte sich noch eine große Vielfalt an Brauchbarem und auch reichlich Schätze.

An den Hängen war ich nicht alleine. Die größte Aktivität war jedoch auf der von der Schule abgewandten Seite. Das Gelände war frei-gebombt, so dass die Lehrer bereits von der zweiten Etage des Schulgebäudes die Aktivitäten an der Südwestwand beobachten konnten. Manchmal vergaßen einige die Schule einfach. Selten wurde die Begründung hierfür glaubwürdig vorgebracht. Der Rohrstock wurde in diesen Jahren der Entmilitarisierung durch die Amerikaner nicht eingezogen und die übriggebliebenen

diensthabenden Nazis ließen uns diesen entsprechend ihrer Ausbildung auch häufig spüren.

Der Berg hatte eine besondere Anziehung. Dieser Berg hatte Sym-
bolcharakter. Der Berg war auch das Produkt der Aktion „rama
dama" des damaligen OB Wimmer. Es war eine entscheidende
städte-bauliche Maßnahme jener Zeit.

1946/47. In diesem Winter froren wir alle fürchterlich. Die Ruinen
wurden nach Brennbarem durchsucht.

Einem Hinweis der Schulleitung folgend beschafften wir auf unserem täglichen Weg Brennbares – es war praktisch die Konzession
für die Begehung abseits der Wege und da gab es nicht nur Brennbares. Später, so ab 1948, organisierten wir Brennbares auch für
den Eigenbedarf. In kleinen Gruppen wurden die Ruinen besetzt.
Abenteuerliche Aufstiege über die Rippen von Treppenhäusern zu
den uneinnehmbaren, persönlichen, burgengleichen, selbsterstell-
ten Wehranlagen. Dort zündelten wir, machten ein „Fanke" (kleines Feuer). Auch die Kellerräume wurden inspiziert, dies ist nicht
der richtige Ausdruck, uns trieb die Neugierde. Bis hierher war es
zwar von der Risikobewertung grenzwertig, aber noch harmlos.
So wenigstens in unserer alltäglichen Bewertung. Später bildeten
sich Jugendbanden, die uns Kinder in ihren Bann zogen. Mutproben waren im Programm und Munition wurde gesammelt. Zu den
großen Entdeckungen kam auch das Interesse an Details, auch die
Muse. In der Frühjahrssonne auf dem Schutt zeigten sich die ersten gelben Huflattiche. Ich empfand dies wie später ein Edelweiß
abseits des Weges.

„Der Berg ruft" (Luis Trenker). Diese Botschaft des Films wurde
von mir erst viele Jahre später erkannt. Ein Gespür dafür, wo meine
Wurzeln sind, wurde geweckt.

Ab der dritten Klasse gab es Schulspeisung, in blauen Kübeln,
Haschee aus Fleischresten, Kartoffelbrei, Reisbrei und Ähnliches,

kein Pausenbrot, zu Hause dann dazu noch Lebertran, löffelweise, schwer zu schlucken.

Alltag in Frieden, jedoch mit großem Hunger und großer Kälte und ohne Vater. Letzteres war fast normal. In meiner Klasse in der Zeit bis 1948 waren wir etwa fünfundvierzig Schüler. Ich studierte nochmals die Gesichter von unserem ersten und einzigen Klassenfoto von der vierten Klasse und versuchte mich an jeden Einzelnen und seine Situation zu erinnern. In der Klasse gab es unter den Armen auch noch die Ärmsten. Einer, Karl B., neben dem Viktualienmarkt zu Hause. Er war offensichtlich bei den Eltern nicht erwünscht und übernachtete so manches Mal in einer der Gemüsekisten der Marktfrauen. Die Hausaufgaben waren entsprechend mangelhaft. Dafür genierte er sich wenig, der Hunger war größer als das schlechte Gewissen. Der amtierende Rektor der Schule, er war auch unser Klassenleiter, ein Hüne von Gestalt, packte wutentbrannt den Karl, hob ihn im dritten Stock zum Fenster hinaus und sagte im Klartext: „Noch einmal und ich lasse dich fallen." Der Unterricht wurde fortgeführt. Der Rohrstock lehnte griffbereit am Pult.

Die Lehrer mussten vom Ministerium vorgegebene Fragebögen ausfüllten und wir wurden nach der familiären Situation befragt. Etwa bis in die vierte Klasse waren sicher weit mehr als die Hälfte der Schüler ohne Vater in ihren Familien. Es wurde aber von Jahr zu Jahr besser, die Kriegsgefangenen kehrten heim.

Der Wintersport oder Skisport in jener Zeit, in meiner Volksschulzeit, war ebenfalls unbeschreiblich. Sportliche Disziplinen waren uns unbekannt, es gab nur Gaudi und Mutproben. Die ersten Erlebnisse auf Skiern, vermutlich waren es Rutscherl – eine Leihgabe, waren am Südhang des Zwingerbergerls, vielen Münchner bekannt und doch kaum wahrgenommen, das ist die Verbindungsgasse von der Frauenstraße zur Rumfordstraße bei mir um die Ecke. Schnee wurde nicht geräumt, die Alten waren mit Schutträumen beschäftigt.

Alles im Leben erfuhr eine Steigerung und so ging es anschließend in den Nordhang, hinunter zur Westenriederstraße, er war steiler und länger. Die nächsten Abenteuer in Reihe waren die Böschung am Isarufer an der Reichenbachbrücke, am Maximilianeum auf der Nordseite des Rondells. Dort waren zwei Varianten möglich, eine hinunter zu den Grünanlagen und die weitaus gefährlichere, längere, steilere direkt zur Isar. Es gab keine Schilder „Eltern haften für ihre Kinder" oder gar Gefahrenhinweise der Stadtverwaltung. Die Gefahren waren eigentlich nur die Leute, die im Weg standen, weniger die Isar. Wir waren mächtig stolz, wenn der Auslauf bis an die Kante des Flusses führte. In den letzten Jahren der Kindheit ging es dann bis zur Eierwiese nach Grünwald, mit der Tram versteht sich und auch nur ein bis zweimal in der Saison.

Stadtkunde und Heimatkunde war in all den Jahren ein gepflegtes Unterrichtsfach – für Schüler und Lehrer, besonders ab der fünften Klasse. In der siebten Klasse, so kann ich mich noch erinnern, war ständig die Aufmerksamkeit (neben dem Unterricht) auf die Baustelle, den Turmaufbau des „Alten Peter" gerichtet. Es war eines der ersten Wiederaufbauprojekte. Unsere Bauaufsicht wurde vom Lehrer geduldet und er gab nebenbei noch historische Erläuterungen. Die Sicht auf der Nordseite der Schule war vom Sendlinger-Tor-Platz bis zum Marienplatz frei, da er großenteils von Schutt geräumt war. In den Jahren nach dem Krieg war die vom Krieg zerstörte Turmhaube durch ein provisorisches Flachdach ersetzt und nur vier Uhren waren noch am vertrauten Platz. Nach dem Wiederaufbau waren es dann wieder acht Uhren, auf jeder Seite zwei übereinander. Diese Ausgestaltung des leitenden Architekten vom Kirchenbauamt veranlasste meinen Onkel zu der Feststellung, dass nun wieder acht Leut' gleichzeitig auf die Uhr sehen konnten.

Im wieder aufgenommenen Sendebetrieb des Bayerischen Rundfunks waren nach dem Krieg die ersten Takte des Liedes vom „Alten Peter" die Erkennungsmelodie. Jedoch waren dieser Text und die Melodie schockartig auf „so lang der alte Pe." gekürzt. Dann (1951) bayernweit die Kunde, die Turmspitze des Wahrzeichens stehe wieder. Die Erkennungsmelodie konnte nun vollständig gespielt werden.

An Erlebnisdichte hat es den meisten Kindern nicht gefehlt – auch nicht an Geborgenheit. Gefehlt hat es bei der Ernährung, der Kleidung und bei der Heizung.

Es entwickelten sich auch Freundschaften in der Klasse. Arm und reich wurde bei den Schülern nicht merklich unterschieden. Natürlich gab es Rangordnungen, aber natürlicher Art – Kraft und Intelligenz. Zwei Ausnahmen gab es – es waren die Söhne, jeweils aus einem Gaststättenbetrieb. Doch ich erinnere mich noch, wie brüderlich sie ihr Pausebrot teilten. Die Kleidung aller Schüler in dieser Zeit war bis in die Fünfzigerjahre gleichermaßen schäbig, abgetragen, geflickt.

Einer, er hieß Franz. Die Familie lebte in der Klenzestraße. „Klenze", ein Name, der wie „Gärtner" an die großen Stadtarchitekten der Stadt erinnerte. Die gesamte Gegend um uns herum ehrte mit ihren Straßenbezeichnungen die großen Persönlichkeiten der Stadt und Bayerns – Rumford, Klenze, Gärtner wurden schon genannt. Um die Ecke ging es weiter mit Reichenbach, Fraunhofer, Utzschneider, Baader. In Richtung Deutsches Museum führt die Kohlstraße. Diese Namensgebung hat keinen Zusammenhang mit dem späteren Bundeskanzler oder einer Stadtpersönlichkeit, sie führte zum Kohl- und Krautgarten.

Der Franz lebte in einer fünfköpfigen Familie, er war der Mittlere, dazu noch eine jüngere und eine ältere Schwester. Die Eltern waren bodenständig und volkstümlich. Der Vater hatte ein steifes Bein – eine Kriegsverletzung. Sie lebten in einem Haus, das ab der dritten Etage zerstört war. Der Schutt lag noch oben auf und der Aufgang zur Wohnung war abenteuerlich. Dennoch, diese Seite der Klenzestraße war vom Allerschlimmsten verschont worden. Auf der gegenüberliegenden Seite, beginnend an der Rumfordstraße über die nächsten beiden Querstraßen bis zum Gärtnerplatz standen nur noch drei Häuser – alles andere war total zerstört, inklusive der Rückgebäude. Diese drei Häuser sind heute noch gut erkennbar.

Er, der Franz, war einer meiner Vertrauten bei den Erkundungen der „neuen Landschaften", der Ruinenfelder, mit unserer selbst errichteten exponierten und gleichermaßen versteckten Bastion.

Sein Vater war ein geschickter Handwerker, vermutlich Schreiner. Es war dann schon nach der Währungsreform. Die Zeit war schon deutlich besser, aber die Landschaften im Stadtzentrum aus der Sicht der Kinder noch gänzlich von den Ruinen geprägt. Für Weihnachten bastelten wir beide unter seiner Anleitung eine Krippe. Mit einer Selbstverständlichkeit wurde meine Krippe nicht wie üblich ein alpenländischer Stall oder etwas Ähnliches – meine Krippe wurde als Ruine eines Stadthauses gestaltet. Zwei hintereinander gestellte Holzplatten, bizarr ausgeschnitten und gefeilt, die Wände mit Kleister und Sand vom umliegenden Schutt verputzt.

Noch eine Anmerkung: In den acht Klassen Volksschule und auch noch in den nachfolgenden Schulen wurde nie der Name HITLER genannt.

Die Abenteuer

Wir sammelten Zigarettenkippen von der Straße, dort wo sich Soldaten aufhielten, und verkauften den sorgsam gewonnenen Tabak an Passanten – man kannte sich, wenn auch nicht dem Namen nach. Ein besonderes Refugium war die Umgebung des Münchner Hofbräukellers in Haidhausen hinter dem Bayrischen Landtag. Ärgerlich war die Einführung von Filterzigaretten, diese hinterließen deutlich weniger Resttabak.

Wir hatten aber auch noch einen anderen attraktiven Artikel. Ein großer Fund auf der Expedition – nicht „durchs wilde Kurdistan", sondern durch die Kellerräume des früheren Nobelkaufhauses Uhlfelder in der Nähe des Viktualienmarktes. Dieser Einkaufstempel war für Kinder besonders anziehend, denn hier war bereits vor der Zerstörung eine Rolltreppe vorhanden – einmalig in München. Nun, unser Schatz war eine Kiste, ein Paket von Stadtplänen in der Größe DIN A 3, etwas 200 Stück. Die Stadt im Panorama mit Alpenkette im Hintergrund. Ich allein oder mit anderen, übrigens eine Formulierung im Beichtspiegel, den ich später auswendig lernen musste, zog bei Einbruch der Dunkelheit mit ein paar Exemplaren dieser graphischen Stadtpläne aus zum Hofbräukeller. Die Sorge und Empfindungen meiner Mutter kannte ich nicht und so konnte ich diese auch nicht teilen. Der Erlös war sicher bescheiden, dennoch mir fehlt die Erinnerung, was ich mit dem Geld machte. Vielleicht habe ich es im Einzugsbereich meiner eigenen „Schanze" in den Ruinen vergraben. Vergraben war durchaus eine praktikable Maßnahme der Verwahrung.

Ein eigenes Betätigungsfeld für uns Kinder und Jugendlichen war das Sammeln von Munition und der sorgfältigen Gewinnung von Sprengstoff. Spielen mit Sprengstoff – sicher wurden wir gewarnt von den Alten, doch der Reiz mit diesen geheimnisvollen Dingen umzugehen, zog uns in den Bann – Sprengstoff war faszinierend. Bisher war es offenes Feuer gewesen, das unsere Augen zum Leuchten brachte, nun aber …

Beim eigentlichen Schauspiel, diese Ladung zur Zündung zu bringen, wurde ich vermutlich auf Abstand gehalten. Manche sprachen ein „bayerisch-chinesisches" Kauderwelsch – „z'jung zumzum oder s'zudumm zumzum". Kurzum ich blieb unversehrt, aber es passierte doch einiges. In späteren Jahren fanden sich noch Spuren an den Körpern. In unserer Lehrlingsgruppe war einer, der hatte links einen Stummel von einem Arm, er war in der Ausbildung zum technischen Zeichner. Beim letzten Treffen mit den Kommilitonen fehlte einer in den letzten Jahren – wer war es? Weißt schon, der mit den großen Narben an Kinn und Hals.

Die Faszination eine Explosion zu beobachten, mit großem Abstand zu erleben, ist auch heute noch unverändert. Im TV werden zur Unterhaltung und zur Steigerung der Einschaltquoten Filmaufzeichnungen gezeigt, wie große Gebäude, Fabrikanlagen, Kamine, Brücken aus Gründen der Wirtschaftlichkeit gesprengt werden. Mit die größten Einschaltquoten erzielten die Fernsehaufzeichnungen bei den Übertragungen vom Irak-Krieg 2003.

Und als letztes Schauspiel besonders eindrucksvoll war die im Jahr 2012 gezielte Sprengung einer Fliegerbombe im Münchner Stadtteil Schwabing. Es wurde nochmals inszeniert, vorgeführt, was vor etwa ziebzig Jahren tausendfach in der Stadt geschah. Alles war im Einsatz, vorne der Sprengmeister, dann im Abstand Feuerwehr, Polizei, technisches Hilfswerk, Katastrophenschutz, Sanitäter und dann Journalisten aller Radio- und TV-Anstalten. Das Ganze ein voller Erfolg für die Medien. Im Hintergrund wird vermutlich noch über TV-Rechte gestritten. Die Problematik hat sich etwas verschoben.

Sicher waren bei diesem angekündigten Schauspiel auch einige vor Ort, die damals als „Experten", barfuß, ein paar Nägel, ein Stück Schnur in der Hosentasche und Zündholzer bei sich trugen.

Unbeobachtet, unerkannt blieben damals die Expeditionen in den Stadtbächen, die zum Teil offen zugänglich, teils überbaut und teils von den Bomben freigelegt waren. Die Stadtbäche, die sich von Süden nach Norden parallel zur Isar ihren Weg bahnten, waren weit genug geräumt, um einen großen Stau oder eine Überflutung zu verhindern. Meinem Jahrgang blieb eigentlich nur eine Art Nachlese. Und dennoch, besonders, wenn ein Abschnitt eines Baches abgesperrt wurde, waren wir einzeln oder in Gruppen unterwegs. Zum Fischen gab es in den verbliebenen Tümpeln nichts, auch die Fische hatten nicht alle den Krieg überlebt und nachfolgend war es noch schlimmer um sie bestellt. Die größte Attraktion waren Handwaffen, die von vielen Bürgern noch vor der anstehenden Hausdurchsuchung durch die amerikanischen Soldaten abends in diese Bäche entsorgt wurden. Aber wie bereits vermerkt, uns blieb nur die Nachlese.

Die Sommerferien

Eine besondere Zeit, eine besonders schöne Zeit auch noch vor der Währungsreform waren die Sommerferien. Ich durfte auf den Bauernhof nördlich von München, das elterliche Anwesen meiner Mutter, zu meinem Onkel und meiner Großmutter und zu meinen Cousins und den Kindern der Nachbarschaft – alle meine Freunde. Wir waren eine Schar von sechs bis zehn Kindern, Mädchen wurden nicht mitgezählt.

Wald und Flur zu erkunden – immer wieder und immer wieder aufs Neue – von früh bis spät. Bekleidet nur mit einer Turnhose – nicht so wie heute, einfachstes Leinen mit einem einfachen Gummizug, der keine Elastizität abgab und ein Unterhemd, später dann ein Ringelhemd – eine Kombination für sechs Wochen ohne Wechsel, weder bei Tag noch bei Nacht. Und wenn es kalt wurde – darüber eine Strickjacke, die einer eigenen Schilderung bedarf. Sechs Wochen barfuß, Körperpflege unbeabsichtigt beim Baden im nahe liegenden Weiher oder im Dorfbach oder im feuchten Gras.

Statt eines Taschentuchs führten wir gelegentlich eine Steinschleuder mit uns.

Wir Kinder waren aber auch gefragte Erntehelfer. Als Motivation wurde uns vermittelt, dass wir gebraucht wurden. Im Alter von sechs bis zehn Jahren konnte noch kein großer Beitrag geleistet werden. Besonders attraktiv und ohne fremde Motivation waren wir zur Stelle, wenn bei der Ernte auf dem Feld die Anhänger mit den beiden belgischen Prachtpferden und dann später mit dem Traktor, begleitend zu den Feldarbeitern, gefahren werden mussten.

Die Felder und Äcker wurden nach der Ernte von den Bauern abschnittweise zur Nachlese freigegeben. Zunächst waren es die Getreidefelder, die nach Ähren abgesucht wurden. Gemäht wurde damals noch mit der Sense oder auch schon mit einer von Pferden gezogene Mähmaschine. Die Ähren damals hatten noch lange Halme, wurden zu Büscheln gebunden und gegeneinander aufgestellt, um so gegen die Witterung bis zur Einfahrt in den Hof geschützt zu sein. Nach dem Heimfahren blieb einiges auf dem Boden liegen – jedoch deutlich weniger als bei der Ernte mit den heute üblichen technischen Großgeräten. Heute werden Getreide und Mais als Energiepflanzen geerntet und zu Treibstoff verarbeitet. Die Mobilität ist ein hohes gesellschaftliches Ziel geworden. Um dieses Ziel ohne schlechtes Gewissen zu erhalten und dabei die Ressourcen der Welt und die Umwelt zu schonen, werden nun großflächig Energiepflanzen angebaut. Und nachdem unsere Flächen hierzu nicht ausreichen wird gegenwärtig von kapitalistischen Investoren Afrika aufgekauft. So können wir weiterhin auf die Seychellen zum Baden fliegen.

Damals sind die Mütter mit ihren Kindern, einen Leinensack nach sich ziehend über die Stoppelfelder gegangen, sammelten die Ähren und brachten diese zur Mühle, um dies gegen ein wenig Mehl einzutauschen.

Ähnlich bei der Kartoffelernte. Der Mechanisierungsgrad bei der Ernte war ebenfalls noch gering. Ein eisernes Gestell, vom Pferd gezogen, wendete die Scholle, so dass die Kartoffeln an die Oberfläche kamen. Diese wurden von der nachfolgenden Gruppe von Erntehelfern, und dazu zählte ich mich bereits, aufgelesen und in Körben gesammelt. Die stärkeren Teilnehmer trugen diese und luden sie auf einen Wagen. Diese Wagen waren noch eine Holzkonstruktion, inklusive der Räder. Für uns Kinder war die Kartoffelernte und auch deren Nachlese angenehmer als die Getreideernte. Barfüßig auf den Stoppelfeldern zu laufen, führte zu kleinen Verletzungen am Knöchel. Bei der Kartoffelernte war das Laufen auf der frischen Erde angenehm – auch eine Art Fußbad. Die Fußwaschung vor dem Zubettgehen war eine Zwangsverordnung.

Wenn wir aber vom Fischen in den Bächen und im Weiher zurückkamen, sprachen wir uns selbst von der Fußwaschung frei.

Die Disziplin des Fischens verlangt als erstes die Beobachtung, dann die Entwicklung einer Strategie und den Bau von Geräten und Hilfsmittel – wie bei jeglichen Vorhaben im laufenden Leben. Und so waren wir auch erfolgreich. Mit Drahtschlingen und Stofffetzen als Netzersatz durchzogen wir die Bäche, meist mindestens zu zweit aufeinander zugehend. Wir waren nicht so erfolgreich, dass der Fischbestand gefährdet wurde. Es gab auch Krebse, die wurden von uns wegen ihrer Scheren eher gefürchtet, als Delikatesse wurden diese von uns noch nicht bewertet. Die Männer der Besatzungseinheit fischten anders – sie warfen eine Handgranate in den Fluss und die Fische trieben dann bäuchlings diesen Männern in die Netze.

Die Währungsreform

Die Währungsreform am 21. Juni 1948 war für uns Kinder kein eindrucksvolles Erlebnis. Wir merkten es aber an der Anspannung bei den Erwachsenen. Bei denen war es verständlich, denn die hatten seit drei Jahren, seit Kriegsende, immer nur Hoffnung. Aber es gab Licht am Ende des Tunnels. Und dann ging alles sehr schnell, praktisch ohne Vorzeichen bei den Bürgern. Es war an einem Wochenende. Hochachtung allen Beteiligten und Entscheidungsträgern auf beiden Seiten, den Amerikanern und Deutschen, für diese logistische Meisterleistung. Die Abläufe dieser Geheimaktion lesen sich wie ein Krimi.

Die Umstellung war an einem Wochenende, neues Geld, Bezugsscheine für Kohlen etc., Nahrungsmittelmarken und der Umtausch von Bargeld und Spareinlagen – diese Aufregung, diese Hoffnung.

Für mich war es die Neugierde am Tag danach – wie schaut das neue Geld aus? Nun der Informationsgrad war gering – es waren nur zwei Scheine. Was sich an den Schaltern für die Geldausgabe und an den Geldumtauschschaltern abgespielt hat zeigen Fotos. In den vertrauten Winkeln der Stadt wurde es ruhig, die Schwarzmarkttreffs lösten sich nach und nach auf. Wie wurde am Tag danach eingekauft? Wer hatte das Kleingeld, wann wurde die Sparkasseneinlage umgetauscht? Der Kurs wurde mit 1:10 festgelegt. Spekulationen blühten. Geld bei der Sparkasse einzahlen, um einen gesicherten Zugang zur neuen Währung zu bekommen oder abheben und irgendwie in Ware umwandeln? Einen verbeamteten Finanz- und Schuldenberater gab es nicht.

Unmittelbar nach der Währungsreform war die Feier zu meiner Erstkommunion. Die Einstimmung von uns Kindern zu diesem Ereignis war für mich nicht nachhaltig. Bis zu diesen Tagen gab es nur Chaos und Not. Die Eltern hatten in diesen Tagen andere Sorgen und natürlich auch die große Hoffnung auf eine Wende. Dann dieser gesellschaftliche und wirtschaftliche Bruch. Rückblickend bewerte ich meine Kommunionfeier als die Feier von Kriegsende und Not. Meine Tanten und Omas und allen voran meine Mutter gestalteten den Tag, indem sie sich gegenseitig übertrafen, wer wohl die schönste Torte backen und gestalten konnte. Meine Erstkommunion war nach der Einnahme des Mannas ein Fresstag. Und da wir dies alles nicht gewöhnt waren, folgte die Übelkeit.

Das neue Bürgertum

Alltag in der Nachbarschaft im allgemeinen Aufatmen bei jedem Einzelnen. Das Bürgerliche kam wieder zum Vorschein.

Meine Oma. Die Mutter meiner Mutter, es war meine, unsere Oma, beheimatet auf dem Bauernhof in Ismaning. Aus der ersten Ehe des Großvaters hatte sie zwei Kinder übernommen, aus der zweiten Ehe dann noch vier Kinder hinzubekommen. Die Frühverstorbenen wurden nicht mitgezählt. Sie war eine Frauenpersönlichkeit, gründete den Frauenverein und blieb bis zu ihrem Lebensende im Vorstand. Sie war Gesprächspartnerin des Pfarrers – auf Augenhöhe. Ein Ruhepol nach getaner Arbeit auf der Bank vor dem Haus. Bis ins hohe Alter zuständig für den Garten, besonders für die Saat und die Setzlinge für das Kraut. Sie saß immer als Letzte am Tisch. Sie wurde müde und starb im Jahr 1958.

Einmal gab es jedoch ein Missgeschick. Kurzbesuch meiner Oma, sie wollte Stadtluft atmen und dazu gehörte ein Kinobesuch. Wir, meine Schwester und ich, durften mitgehen – Museumslichtspiele hinterm Deutschen Museum. Nichtsahnend gingen wir hin und sahen voller Entsetzen einen Krimiklassiker: „Ich suche meinen Mörder." Ich kann diese Bilder noch heute schildern.

Kurz vor ihrem Tod erzählte ich ihr von meiner Absicht, die Weltausstellung in Brüssel besuchen zu wollen. Dieses Event war damals für uns ein großes Zeichen, ein Aufbruch nach dem Weltkrieg in die neue Welt – für einen Neunzehnjährigen ein Muss dabei zu sein. Ich war überrascht, wie viel sie über diese Stadt und dieses Land wusste. Ich war überrascht aufgrund meiner Überheblichkeit. Die Oma kannte die Gegend aus ihrer jüngeren Geschichte, die des Ersten Weltkriegs. „Flandern in Not – in Flandern reitet der Tod" so im Text eines Landser Liedes aus ihrer Zeit.

Sie steckte mir etwas Geld für die Reise in die Tasche.

Die Großeltern starben nach und nach, damals waren die Todes-ursachen einfach gruppiert, man hatte einen Brand (Krebs), die Schwindsucht (Lungenversagen), einen Herzschlag oder einfach nur das Alter zum Sterben. Die Großmutter mütterlicherseits lebte am längsten und mit ihr, die ihre Güte gleichmäßig auf alle meine Cousins verteilte, entwickelte sich auch eine herzliche Beziehung.

Die Ferien durfte ich auch in den Jahren nach der Währungsre-form auf dem Bauernhof verbringen. Schlachtung, Kälber ziehen, Heu-springen, Eier suchen, Heimfahrt auf dem Heuwagen, Obst vom Baum pflücken, sonnen auf den Bahnschwellen der Lokalbahn von München nach Ismaning. Die Körper wurden durch Auflegen von Zeichen, zum Beispiel eines Eichenblattes, gebrandmarkt. Philosophisch-theologische Themen wurden weniger behandelt. Eine Frage bei der Feldarbeit unter Erwachsenen, die sich nebenbei ergab, war: „Was ist das Höchste beim Glauben? – Es ist der Arsch beim Kartoffeln klauben."

Die Hausbewohner – Herr J., vermutlich früher ein kleiner Beam-ter, gegen Kriegsende im Rentenalter, eine Figur wie der Valen-tin. Ich hab ihn nie sprechen hören. Die Kriegsjahre und die Zeit danach waren nicht seine Zeit – andere stellten sehr aktiv und mit großem Nutzen die Weichen für die neue Zeit. Einmal, ich stieg lautlos die Treppe hinunter, war er ebenfalls auf dem Weg und hatte zwei Hüte übereinander aufgesetzt. Er hatte die Ereignisse des Krieges und der nachfolgenden Zeit nicht verkraftet.

Es war auch ein Friseurladen im Haus. Die Einrichtung könnte ich noch im Detail beschreiben, besonders den Stuhl für die Klienten mit der Vorrichtung zum Wenden der Sitzfläche, beim Wech-sel der Kundschaft. Eines Tages gab es eine Anfrage für diese Dienstleistung. Der Mann war in unserer Ecke zwar unauffäl-lig aber gut bekannt – es war Karl Valentin, immer geistreich-philosophisch, obwohl er kurze Zeit später an Unterernährung starb. Er öffnete spontan die Tür und fragte: „Schneiden Sie rote Haar auch?"

Auch ein „Speisehaus" war im Haus, vormals eine Parterrewohnung. Es war das Wohnzimmer für viele bescheidene Bürger – Untermieter, auch Liebschaften, Wärmestube. Eine Speisekarte mit extrem günstigem Essen – Kartoffelsuppe, Reiberdatsche, warme Getränke, Tee, Kaffee-Ersatz. Betrunkene gab es nie, auch keine Stadtgammler vom heutigen Typus, Männer und Frauen, man kannte sich – Schach spielen, zur Toilette gehen, Zeitung lesen.

Unter uns wohnte eine Familie, er war Polizist. Er war den ganzen Tag allein auf Streife. Er gehörte zum Viertel wie die Milchfrau, wusste alles, wie die Milchfrau. Er wusste auch, wo die Entlassenen nach ihrem Aufenthalt im Cornelius (Gefängnis) ihr erstes Bier einnahmen, um Erfahrungen auszutauschen.

Meine Schwester und ich waren tagsüber auch für den Haushalt zuständig und die Arbeitsteilung war nicht immer konfliktfrei. Gegenüber der Küche war das Wohnzimmer mit dem mittig aufgestellten Speisetisch. Kurzum, es entwickelte sich ein Rundlauf von uns beiden, wohl mit dem Ziel, mich zum Geschirrtrocknen zu zwingen. Nun, mich zu zwingen, war damals schon schwierig. Mitten in dieser Auseinandersetzung klingelte es und es stand unser Mitbewohner der Polizist in Uniform im Türrahmen. Er sagte nicht viel, auch nicht in gepresster Stimme, auch nicht amtlich. Er sagte nur. „Der Deckenleuchter schwingt bedenklich." – Alles klar.

Sein Sohn, ein jugendlicher Amateurfunker, spannte seine Drähte über die Dächer und Innenhöfe.

Auf der Etage, gegenüber wohnte die Familie G. Er war selbstständiger Schneider. Seine Werkstätte, heute als Atelier bezeichnet, war im ersten Zimmer neben dem Eingang. Meine Mutter und die Frau führten ihre Gespräche im Treppenhaus. Anfang der Vierzigerjahre gesellte sich ein Töchterchen hinzu. Bald danach fiel er, der Schneider. Er war aufgrund der für Schneider typischen Gestalt in einen Panzer gezwängt. Auch diese direkte Nachbarin mit ihrem Kleinkind war in diesen Jahren des tobenden Krieges allein. Nach

Jahren, nach der Währungsreform heirate sie wieder, ein stattliches sympathisches Mannsbild. Er war später beim Film beschäftigt und seine Karriere aus der Sicht der Nachbarn war, als er im Film der Filme „Der Tiger von Eschnapur" zu sehen war. Er, unser Nachbar, als er in einer entscheidenden Stelle den Hauptdarsteller Willy Birgel doubelte und die Hauptdarstellerin Christin Söderbaum über die Stufen in den Tempel trug. Das Töchterl wuchs mit all den gewünschten Proportionen auf.

Die Toleranz gegenüber den Parteien der Mitbewohner war groß. Es gab einen Hund, den alle liebten. Kinder waren wenige im Haus, und es gab Musiker und Musikanten.

Noch über uns, auf der anderen Seite, wohnte eine Frau H. in Untermiete. Für mich eine steinalte be(ver)hinderte Dame, klein schmächtig, gekrümmt, sprachlos, mit Gehstock – im Haus ohne Aufzug und ohne Fernwärmeversorgung. Vermutlich trug sie ihre Kohlen hundertgrammweise in der Tüte die vier Etagen hoch – Schritt für Schritt sich am Geländer ziehend.

Die Untermieter bei uns, stellvertretend für eine große soziale Schicht in den Städten, zwei steinalte Damen um die fünfzig – eine Garderobenfrau im Nobelhotel „Vier Jahreszeiten", die andere Polsternäherin im Vorzeigebetrieb „Deutsche Werkstätten".

Weiter oben wohnte eine unauffällige Frau. Sie war bereits in den sehr frühen Stunden des Tages unterwegs. Nun, bei ihr habe ich mehr Freude an der Wortschöpfung für die Berufsbezeichnung, sie war eine städtische „Straßenbahnschienenritzenreinigungsdame".

Kochen, Körperpflege, Wäsche waschen war für diesen Personenkreis der Untermieter kaum möglich. Am Samstag ging es ins „Tröpferlbad".

Müllabfuhr, fünf Blechtonnen je sechzig Liter, für fünf Etagen, für dreißg Personen. Nahezu alles Bioabfall aus den Küchen. Sonst wurde nichts weggeworfen, nichts Verwertbares. Das war das Ergebnis, wenn Konsequent nach den Rezepten von Graf Rumford gekocht wurde.

Die Müllabfuhr, das Fahrzeug wurde von einem Pferd gezogen. Ein zweirädriger Karren, oben offen. Ein fürchterlicher Gestank verbreitete sich von dem abgestellten Fuhrwerk vor den Häusern. Der Wagenführer entleerte auch die Tonnen. Wenn der Wagen voll war, musste er nach Großlappen (Freiman) gebracht werden. Vermutlich wurde der Inhalt an einer Sammelstelle auf einen Lastwagen umgeladen. Mit dem Pferdefuhrwerk wären es doch nochmal zwei Stunden für die einfache Wegstrecke gewesen.

Sperrige, lästige Dinge wurden in den Stadtbach entsorgt. Dieser war von unserem Hof aus frei zugänglich, es war nur der Deckel zu öffnen.

Eine besondere Stellung in der Nachbarschaft nahm die Milchfrau ein. Ihr Geschäft war auf derselben Straßenseite, zwei Häuser weiter. Ebenerdig ging es in den Verkaufsraum und direkt dahinter, etwas erhöht, etwa fünf Stufen ins Wohnzimmer. Ich glaub, sie war alleinstehend oder auch Kriegerwitwe. Der Mittelpunkt war ein offener, metallener Kübel aus Aluminium mit Milch, Dünnmilch, bläulich, genannt „Magermilch". Am Rand hing ein Schwimmer, der auf Anforderung kritischer Kunden in die Milch gehängt wurde, um so den Fettgehalt zu ermitteln. Meine Schwester, durchaus mit einer steten Verbindung zum Landleben, mochte diese Milch von der Milchfrau, sie verweigerte jedoch die Milch von den Kühen.

Nach Jahren wurde die Frau stadtbekannt. Es war Weihnachten 1955/56, große Aufregung in der Straße – Feuerwehr, Rettungswagen und so weiter. Was war geschehen? Sie war in ihrem Wohnzimmer in Feiertagsstimmung, es knarzte im Haus, der Fußboden öffnete sich und sie brach mit ihrer gesamten Einrichtung in den darunter fließenden Stadtbach. Eingeklemmt zwischen Schrank und Tisch und Stühlen musste sie in der eiskalten Strömung ausharren, bis sie befreit werden konnte. Sie überlebte. Das war auch ein Signal, wie marode und „gebrechlich" diese Häuser nach dem Krieg waren.

Bürgerlich entwickelte sich auch der Verkehr auf den Straßen. War in den Jahren 1946/47 noch ein großes Transparent von der amerikanischen „Regierung" am Isartor angebracht: „drive carefully – death is permanent". Auf dem diesbezüglichen Foto ist jedoch kein Auto zu sehen. Die Situation änderte sich aber sehr schnell, nachdem für die Trambahnen die Schienen und Oberleitungen für den Betrieb wieder so weit repariert worden waren. Das Verkehrsnetz war noch dünn, umso besser die Auslastung der Fahrzeuge.

Zur Konstruktion der wieder in Gang gesetzten Trambahnen: Fürs Erste erstaunlich, dass doch das Schienensystem deutlich leichter zu reparieren war als die Oberleitungen, dass man nicht auf den Pferdeantrieb umgestellt hat. Bei den Stromabnehmern von der Oberleitung gab es noch nicht den Bügel, sondern das „Stangerl". Eine Stange mit einer am oberen Ende befindlichen Rolle, die im Draht der Oberleitung geführt wurde. Es war die sensibelste Stelle des Antriebs, denn in den Kurven, den Weichen und auch beim Bremsen sprang die Rolle aus der Oberleitung und der Fahrer musste das „Stangerl" über einen Seilzug wieder neu einstellen. Der Fahrer verfügte auch über eine fußbetätigte Klingel und wenn er diese betätigte, sprangen selbst routinierte Bierwagenfahrer mit ihrem Gefährt, ob als Pferdefuhrwerk oder bereits dieselbetrieben, aus der Bahn. Auch die Bremse war ungedämpft. Mit der Bremsung fiel gleichzeitig am Bug des Fahrzeuges ein Gitter auf die Fahrbahn, um so das Schlimmste zu vermeiden. Nun, diese Vorrichtung kannte ich, denn es war eine Herausforderung von uns Straßenkindern, die Aufmerksamkeit des Fahrers zu prüfen, indem wir möglichst kurz vor der herannahenden Tram noch über die Straße liefen. Oder auch wenn wir von der Neugierde getrieben möglichst kurz vorher noch kleine Metallstücke auf die Schienen legten, um diese kaltzuwalzen. Übrigens ein technisch hoch brisanter Vorgang, der auch großtechnisch in den Stahlwerken ausgeführt wird. Da ist dann auch manchmal das Gitter gefallen – ein Fluch folgte.

Bei den ersten Nachkriegsmodellen fehlte noch manche Fensterscheibe und auch Türen waren vielfach mit Gittern ersetzt. Aber es folgten bald Sicherheitshinweise wie: „linke Hand am linken Griff", denn man konnte auch während der Fahrt zu- und aussteigen. Längs des Waggons, auf der Höhe der Handschlaufen für den stehenden Gast verlief eine Schnur, die dem Fahrer das hell klingende, unverkennbare Zeichen zur Abfahrt mitteilte. Die Waggons waren stets gut besetzt, meist stark überfüllt. Eine Alltagsszene wird im Lied von Weiss Ferdl von der Linie 8 besungen, das damals bei keinem Hörerwunsch fehlte. In der Realität war es noch drastisch schlechter, die Fahrgäste hingen außen an den Eingängen und auch im Bereich zwischen den Wagen zwängten sich noch Personen. Nun, die Situation steigerte sich noch, denn so konnte keiner einen Fahrpreis bezahlen, die Akzeptanz der Tram erfuhr so ihren Höhepunkt. Auch wir Kinder entdeckten das Tramfahren. Für uns war es kein von einem Eventmanager inszeniertes Abenteuer mit Risikoversicherung wie heute in einem Erlebnispark.

Ich will nicht sagen, das Geld lag auf der Straße. Mit Altmetall und Altpapier konnte man sich ein wenig Geld verdienen – aber es lag nichts mehr herum. Die dritte Zerstörung war in der Zeit der Wegwerfgesellschaft, kopflos wie im Krieg. Es wurden phantastische und schreckliche Dinge produziert, konsumiert und nach Gebrauch weggeworfen – ohne das Bewusstsein, dass die Stoffe dem Eingemachten der Erde auf immer entnommen wurden und der Nachfolgegeneration als Lebensgrundlage entzogen wurden. Reparieren war nicht „en vogue". Daraufhin verschwanden auch einige Handwerkszweige, der einzige, den ich noch kenne, ist der Messer- und Scherenschleifer auf der Auer Dult. Doch, noch einen – in Paris entdeckte ich noch einen Puppendoktor.

Während der NS-Zeit sind Tausende stramm auf den Prachtstraßen der Stadt aufmarschiert und Hunderttausend säumten diese Straßen. Wenige Monate nach dem Krieg wendete sich die Art der Aufmärsche – noch im Jahr 1945 gab es eine Fronleichnamsprozession durch von Schutt geräumte Straßen. Die Kirchenführer der Stadt – Kardinal Faulhaber, ein unerschrockener NS-Gegner, Bischof Neuhäusler, kirchlicher Widerstandskämpfer, er verbrachte Jahre im KZ als Sonderhäftling in Sachsenhausen und in Dachau, und Pater Ruppert Mayer, er wurde mit einem Redeverbot unter anderem nach Sachsenhausen verbannt. Er wurde nach dem Krieg wegen seiner praktizierten Zivilcourage seliggesprochen. Diese drei Personen und noch viele mehr haben nach der Befreiung in München eine ungeheure öffentliche Anerkennung gefunden.

Die Fronleichnamsprozession war ein ehrliches, gläubiges Bekenntnis, noch ganz ohne Fremdenverkehrswerbung und ohne Diskussion, bei dem man das fünfte Evangelium zelebrierte.

Überleben ist ein großes Thema. In früheren Generationen war es in schwierigen Zeiten eine Flucht in den christlichen Glauben. Zwischendurch, so die Zeit nach der Inflation und Arbeitslosigkeit, noch bevor die Erinnerungen niedergeschrieben wurden, ein Sehnen nach dem göttlichen Bild der Nazis. Neuerdings, nachdem Unsicherheiten in der Bewertung der Zukunft erkennbar sind, nach dem Konsum-Boom, ist es der Drang nach einer gesicherten Alters- und Rentenversicherung.

Ein anders Kapitel ist der Bereich des Wiederaufbaus. Hierunter werden allgemein die Gebäude und die Infrastruktur verstanden. Es ist aber auch notwendig, nach diesen traumatisierenden Ereignissen eine Gesellschaft neu aufzubauen. Beginnend mit der Entnazifizierung und nach der Währungsreform dem Aufbau einer neuen Wirtschafts- und Sozialgesetzgebung zu vertrauen, die Rahmenbedingungen für eine freie, soziale und ökologische Gesellschaftsordnung zu schaffen.

Als ich elf Jahre alt war, beschaffte oder kaufte meine Mutter mir ein kleines Akkordeon. Auch meine Schwester hatte ein Akkordeon erhalten. Wir erhielten dann auch Unterricht, allerdings bei verschiedenen Lehrern. Freude war es bei mir nicht. Üben und wieder üben, statt auf der Straße mit anderen Pläne zu schmieden. Einmal wöchentlich musste ich das Instrument zur Lehrerin schleppen, drei Stockwerke hinunter dann wieder drei Stockwerke hinauf und dann wieder zurück. Aber ich machte Fortschritte. Meine Mutter kaufte mir ein neues und größeres Instrument – sie musste es sich sicher über eine lange Zeit vom Mund absparen. Aber schließlich war es in diesem Musikerkreis (Papa und Onkels) eine Verpflichtung, ein Instrument zu erlernen – an ein Klavier war nicht zu denken.

Was bei Musikstudenten die Meisterklasse bedeutet, war für mich damals, 1951, die Aufnahme in das Akkordeon-Orchester. Dies leitete meine Lehrerin und wir waren etwa fünfzehn „Musiker" im Alter von zwölf bis zwanzig Jahren. Das Repertoire war anspruchsvoll und wieder hieß es üben. Es waren Operetten- und unterhaltsame Konzertstücke, wie der Walzer „Künstlerleben" und „Maske in Blau", umgeschrieben für Akkordeon. Wir hatten auch Auftritte in Münchner Konzertsälen – im Sophiensaal, Herkulessaal und anderen.

Aber hierzu musste auch im Orchester geübt werden. Da gab es um die Ecke zunächst ein Dienstleistungsunternehmen, dieses stellte ihren ebenerdigen Raum zur Verfügung. Es war eine Heißmangel, ein dampfbeheizter rotierender Zylinder, mit dem man mit etwas Geschick einfach geschnittene Textilteile, Tischdecken, Bettwäsche usw., vorwiegend aus dem Gaststätten- und Hotelgewerbe, glätten konnte. Stühle und Notenständer wurden herbeigeschleppt und dann wurde musiziert. Ob andere im Haus dies mitbekamen? Später wurde im Nebenzimmer vom Gasthof „Sterneckerbräu" geübt. Die Anwohner waren aus der vergangenen jüngsten Geschichte sicher einiges gewohnt, denn in diesem Raum wurde die Nationalsozialistische Deutsche Arbeiterpartei gegründet und er war bis zur Wende eine Art Wallfahrtsort.

Eines Tages, es war gegen Mittag, meine Mutter war noch in der Arbeit, ein ruhiger Tag, nahm ich mein Instrument, um ungestört zu spielen, mein Repertoire aufzufrischen, ich fand mehr und mehr Freude, zog dabei alle Register und auch der Luftbalg wurde auf Zug und Druck richtig belastet. Ich spielte die Ouvertüre zu „Die

Banditenstreiche" von Franz von Suppé. Meine Mutter stürzte in die Wohnung und forderte mich auf, sofort mit dem Spielen aufzuhören. Nun, in der vergangenen Nacht war die Mutter unserer Untermieterin, die ebenfalls mit in ihrem Zimmer wohnte, mit etwa neunzig Jahren gestorben und sie lag direkt hinter der provisorisch verstellten Tür. Wenn es nicht ausgerechnet die „Banditenstreiche" gewesen wären.

Das Leben ging weiter und auch ich übte am nächsten Tag weiter.

Seit Kriegsende war zunächst die Entnazifizierung durch die Militärregierung angesagt. Zunächst, denn die Militärregierung merkte sehr bald, dass es doch sehr viele Nazis gab, auch viele, die relativ unauffällig in den Amtsstuben saßen und den Betrieb, die Verwaltung kannten und auf die konnten die ahnungslosen Besatzer nicht verzichten. Kurzum dies war der Anfang der Schlamperei und bald stellte sich wieder ein Alltag ein. Es wurde versäumt, diesen Personen einen Stempel aufzudrücken und nach einer kurzen Übergangszeit den Fall gerichtlich auszuleuchten. Das nachhaltige Problem war und ist, dass zu oberflächlich beurteilt wurde und so zwischen den Aktiven, den Mitläufern und den in Abhängigkeit gedrängten Personen nicht ausreichend unterschieden wurde. Von amerikanischen Soldaten wurde ein Kellerraum eines Verwaltungsgebäudes entdeckt, der bis unter die Decke mit Parteibüchern zugeschüttet war.

Wenn einer von der Straße aus einem Metzgermeister zuruft: „Und wenn du nächste Woche noch nicht bei der Partei bist, schließen wir deinen Laden!" Leute mit dieser Mentalität sind in jeder Gesellschaft gefährlich, sind Gift für jegliche demokratische Ordnung und dürfen keine Führungsfunktion, weder im Staat noch in der Wirtschaft übertragen bekommen.

„Wenn du nicht zustimmst, ich habe noch einen Joker im Ärmel."

Wann beginnt die Erpressung? Doch nur, wenn ich mit dem Tod bedroht werde!

Die Jugendbewegung

Ende 1947, anfang 1948 wurde auch die Heilig Geist Kirche kurz-
zeitig wieder geöffnet. Die Säulen nackt, erbaut mit den aus dem
Schutt gereinigten Ziegeln und ebenso gewonnenen Balken und
Trägern, auf den Kragen der Außenmauer und Säulen gelegt und
darüber ein Notdach aufgestellt.

In den Jahren danach diente ich am Altar, ich wurde Ministrant
und verwurzelte mehr und mehr mit der Pfarrei. Ich lernte dabei
eine Menge, so das rechtzeitige Aufstehen für die Frühmesse, das
Glockenläuten und auch einige Worte Latein. Die Zeremonie, beim
feierlichen Hochamt das Kirchenschiff in eine Weihrauchwolke
einzutauchen. Das Attraktivste und Spannendste war das Glockenläuten zu zweit oder zu dritt. Schwingungen, den Rhythmus
der physikalischen Größe der Eigenschwingung spüren und sich
einstimmen. Beim Anläuten der Glocke einen Impuls aufzwin-
gen und ebenso im Rhythmus des Geläuts diesen wieder zurück-
nehmen. Letzteres war auch akrobatisch, denn wir ließen uns mit
dem mächtigen Schwung der Glocken am Seil in die Höhe schleu-
dern. Mussten dann oben abspringen, um der Glocke nicht neuen
Schwung zu geben und das mehrfach nacheinander. Es waren in
diesen Jahren drei Glocken mit der Masse von etwa fünfhundert
bis achthundert Kilogramm, das Zehn- bis Zwanzigfache unseres
Körpergewichts. Ich weiß nicht, waren die Glocken während des
Krieges nur ausgelagert oder waren diese neu und die alten gar zu
Kanonenrohren umgegossen worden? Ich war jedenfalls dabei, als
sie wieder angeliefert und in den Glockenstuhl gehievt wurden. Für
uns Kinder ein grandioses Schauspiel! Der Turm war noch ohne die
barocke Haube und nur mit einem Notdach versehen.

Erst 1955 wurde mit der regulären Aufnahme des Kirchendienstes
feierlich auch eine Altarweihe gestaltet. Wie auf dem Dorf war es
üblich, sich nach der Messe auf dem Vorplatz auf ein Schwätzchen
zu treffen. An diesem Tag waren es besonders viele, die auch die

Tragik der Zerstörung hatten miterleben müssen. Doch die Stimmung war fröhlich und locker, auch bei den Messdienern. Eine ältere Dame mit ihrem schönsten Hut aus besserer Zeit, wohl vertraut mit katholischem Ritual bezüglich Reliquien, die auch in jedem Altar eingelassen werden, trieb die Neugierde und sie wandte sich mit ihrer Frage an den Oberministranten, einen Sohn aus einer Messer- und Scherenschleiferei in der Nachbarschaft. Den Umgang mit den Kunden dieses familiären Kleinstunternehmens vertraut, hatte er auch eine passende, glaubwürdige Auskunft bereit und sagte: „Die Reliquie ist ein Federl von der Taube, vom Heiligen Geist."

Mein Dienst am Altar zog sich über Jahre – auch noch als Jüngling. Schön waren immer die Maiandachten und wenn meine Mutter fragte, „Wie war es?", zunächst Schweigen, dann kam zur Antwort: „Lieblich."

Etwas phasenverschoben zu meinem Altardienst entwickelte sich die Verbindung zur katholischen Jugend.

Das Engagement der katholischen Kirche für die Jugend war ein Segen. Ich spreche deshalb von der katholischen Kirche, denn die Evangelischen waren uns fremd. Im Stadtzentrum – und weiter sind wir nicht gekommen – gab es nur eine evangelische Kirche, die Lukaskirche an der Isar, nördlich der Zweibrückenstraße. Die Kapläne, erst kurz vom Krieg und aus der Gefangenschaft heimgekehrt, holten uns von der Straße und aus den Ruinen. Sie sperrten uns aber nicht weg, das wäre auch nicht möglich gewesen. Aber wir lernten gleichgesinnte Freunde kennen. Organisiert war diese Jugendbewegung wie die internationale Pfadfinderorganisation oder auch wie die Hitlerjugend, das gleiche Programm, ähnliche Lieder, Wimpel der Zugehörigkeit und auch so etwas wie Jugendweihe.

Bald kam es auch zu den ersten gemeinsamen Ausflügen mit dem Fahrrad. Mein Vater hatte mir ein Fahrrad hinterlassen, aber in dieses Gerät musste ich erst „hineinwachsen", es war sehr massiv und schwer, selbstverständlich ohne Gangschaltung. Es war kein klappriger Drahtesel, es war eher ein Pferd einer Brauerei zugehörig – ein Belgier, um bei der Tiergattung zu bleiben.

Mit Zelt und Kochtopf ging es in die Voralpen. Der erste Fahrradausflug in der Gruppe führte nach Tuntenhausen bei Bad Aibling.

Die Zelte waren aus frei gewordenen Wehrmachtsbeständen – ohne Boden und im Kochtopf wurde am offenen Feuer Erbswurstsuppe gekocht.

Als Jugendheim wurde die Ruine des Pfarrhofs neben der Kirche zunächst Parterre dann auch im ersten Stock genutzt. Der Zugang war abenteuerlich. Ich wundere mich rückblickend noch über das Vertrauen der Eltern in diese Organisation, in deren kindliche Führerschaft, kaum vier Jahre älter als wir. Sie waren zu Beginn der Aktivität auch nur fünfzehn Jahre alt. Volles Vertrauen – volles Risiko – alles gut. Später bekamen wir ein „Zuhause" in einer Baracke auf dem Gelände in der Nachbarschaft des Theaters am Gärtnerplatz. Es ging lange Zeit gut aber dann musste geräumt werden. Der Baubeginn für das Heizkraftwerk an der Müllerstraße erforderte es. Nachfolgend wurde in der Klenzestraße an der Abzweigung von der Rumfordstraße ein mehrstöckiges Wohnhaus errichtet. Das Parterre und der erste Stock wurden als Jugendheim für die katholische Jugend von Heilig Geist eingerichtet, mit einem kleinen Saal mit Bühne für Pfarreiveranstaltungen.

Fußballspiele wurden populär. Unser sportbegeisterter Lehrer in der siebten und achten Klasse der Volksschule stellte eine Mannschaft auf – ich war dabei und dann gab es auch gleich ein Turnier mit all den umliegenden Schulen. Wir durften mit einem richtigen Ball spielen. Der sportliche Alltag der sportlichen Auseinandersetzung im Fußball war auf dem Viktualienmarkt nördlich der Frauenstraße. Es waren besondere Anforderungen zu meistern – die Fläche war und ist immer noch ungeeignet stark geneigt und die liegenden Kraut- und Gemüseblätter steigerten die Unfallgefahr. Ein Ball war eine Rarität.

Einmal entdeckten wir auf unseren Streifzügen einen großen Gummipfropfen. Es war nicht nur einer, sondern eine Schachtel mit großen und kleinen dieser schwarzen Kegelstümpfe. Diese waren für industrielle Glasballons bestimmt. Die Herausforderung war nun, faustgroße Bälle zu schnitzen. Die selbst gestellte, praktische, zweckführende Übung war anspruchsvoll – aus diesem Pfropfen eine Kugel zu schnitzen. Damit waren nun mehrere Freunde beschäftigt. Wir hatten zu jener Zeit in der Schule keinen Kunstprofessor, auch keinen Kunstunterricht. Hartgummi, der Name sagt es, er war hart und unsere Messer trotz sorgsamer Behandlung relativ stumpf. Es dauerte mehr als eine Unterrichtsstunde.

Dieser „Ball" kam nicht lange zum Einsatz, denn immer wenn ein Spieler getroffen wurde, war er spielunfähig und dauerhaft spielunfähig bei einem Kopfball.

Bis zur achten Klasse war in unserer Schule getrennter Unterricht für Mädchen und Buben. Gegen Ende der Schulzeit gab es dann auch erste Anzeichen der gegenseitigen Wahrnehmung. Sehr individuell, die einen blieben mehr beim Fußball, andere zogen sich Händchen haltend etwas zurück und noch andere entsprechend ihren Entwicklungsstand fassten auch schon mal einvernehmlich unter den Rock.

Krönender Abschluss meiner Kindheit war am Ende der Volksschulzeit eine Radtour. Ich radelte mit einem Schulfreund aus der Nachbarschaft in den letzten Ferien über Lindau nach Zürich. Bei der Verabschiedung vorm Haus rief mir meine Mutter noch nach: „Pass mir auf das Rad auf." Einen amtlichen Führerschein für das Fahrradfahren gab es nicht, auch hatten wir keinen Verkehrsunterricht. Nun, für die wenigen Verkehrsschilder war dies nicht nötig. Fahrradflicken und mit dem Werkzeug umgehen waren natürliche Fähigkeiten. Die Grenzen von Deutschland in die Schweiz waren 1953 noch fest und dicht verschlossen. Wir beiden Vierzehnjährigen wurden ausgefragt, ob wir in der Schweiz Arbeit suchten. Der Schweizer Dialekt war für uns sehr fremdartig – wir verstanden nichts, durften aber dann schließlich weiterradeln. Bei einer Freundin meiner Mutter aus den frühen Jahren ihres Aufenthalts in Diensten einer Herrschaft fanden wir für einige Tage eine Bleibe und wurden dabei noch fürstlich versorgt. Frühe Erlebnisse einer herzlichen Gastfreundschaft.

Die Aufbauzeit

Hier sei nochmals das Wort des „Führers" Ende der Dreißigerjahre eingefügt. Er, einer der ganz großen Architekten des „Tausendjährigen Reichs" sagte, dass wir in zehn Jahren unsere Städte nicht mehr wiedererkennen würden. Er sprach eine makabre Wahrheit hellseherisch aus.

Die Basis für die neue Stadtplanung wurde durch vierundsiebzig Fliegerangriffe und mit der dadurch gegebenen Reduzierung der Bevölkerung (auf die Hälfte in Bezug auf die Zahl vor dem Krieg) geschaffen.

Die Stadtplanung war gefordert, denn es wurden dreihunderttausend Obdachlose gezählt, dann kamen noch die Flüchtlinge aus dem Nordosten.

Vieles wird derzeit über Versorgungssicherheit gesprochen. Die Situation damals war, die Wasser-, Strom- und Gasleitungen waren stark beschädigt und lagen unter meterhohem Schutt.

Und wie war der Zustand des Abwasser- und Kanalsystems?

Und wie war der Zustand des öffentlichen Verkehrseinrichtungen, der Schienen und Fahrzeuge? Die paar wenige Ampeln wurden noch nicht als Verkehrsleitsystem bezeichnet.

Im Jahre 1984 war im Münchener Stadtmuseum eine Ausstellung der Architektensammlung der Technischen Universität München mit dem Titel „Aufbauzeit – Planen und Bauen in München 1945 bis 1950". Davon eine kurze, freie Wiedergabe aus dem Katalog, den ich wie meinen Augapfel hüte. Denkmalschutz, Wiederaufbau, Neubau? Ein Wettbewerb kam in Gang.

Ein weiteres großes Thema in der Stadtbaukommission damals war, die Ruinen als Denkmal oder Mahnmal zu erhalten. Ein besonders eindrucksvolles, durchaus ernst gemeintes Projekt war, die gesamte Ruinenstadt so zu belassen, der Natur zu überlassen und das neue München an den Starnberger See zu verlagern. Nun, diesen Gedanken kann nun jeder Leser für sich weiterentwickeln.

Im Katalog der schon oben erwähnten Ausstellung „Aufbauzeit" sind überraschend mehrere Gestaltungen dargestellt, bei denen jeweils eines der markantesten Münchner Bauwerke, der Alte Peter, die Frauenkirche großzügig freigelegt und mit einer „Piazza" ähnlich dem Markusplatz in Venedig gestaltet wurde – schön aber nicht München.

Eine zentrale Frage war, in wie weit München sich in eine autogerechte Stadt nach dem Vorbild von L. A. entwickeln sollte.

In späteren Jahren nach der Währungsreform wurde der beginnende Wiederaufbau vom Wirtschaftswunder-Bau-Boom von zahllosen unfähigen, pseudomodernen Architekten und einer gewinnsüchtigen Bauindustrie geprägt. Der aufmerksame Spaziergänger in der Stadt sieht fast in allen Winkeln der Stadt diese Auseinandersetzung und Diskussion. Das Ergebnis stimmt mich etwas traurig.

Im Kleinen wie im Großen gab es während der Aufbauzeit massive Veränderungen, die mit der kulturellen Denkweise, den Empfindungen der Bürger, den technischen Möglichkeiten nur schwerlich in Einklang zu bringen waren. Der einsetzende wirtschaftliche Aufschwung wurde sicher von allen in der Bevölkerung begrüßt, doch wenn dieser einseitig gewinnorientiert betrieben wird, fehlt es an Nachhaltigkeit.

Im Kleinen: Der von allen Anwohnern in unserem Gevlert gellebte Lindenbaum in einem der Hinterhöfe, der uns in trister Zeit immer wieder Hoffnung und Überleben zeigte, stand dem Neubau im Weg und wurde ohne Angabe weiterer Gründe gefällt.

Um die Ecke, dort wo die Ruinen geräumt waren, wurde die Straße um eine Fahrbahnbreite zurückgesetzt, um eine autogerechte Innenstadt zu gestalten – eine Fehlentwicklung wie sich herausstellte.

Das große Thema war der Altstadtring, ein autobahnähnlicher Ring um das Herz der Altstadt. In großen Abschnitten wurde dieser auch verwirklicht. Der Bauabschnitt vom Isartor zum Sendlinger Tor wurde baulich nicht umgesetzt. Aber dieser Abschnitt wurde in den Fünfzigerjahren durch die fortdauernde Diskussion zerstört. Die noch erhaltenen und wieder aufgerüsteten Häuser wurden von den Eigentümern aufgegeben und zum Abwohnen freigegeben. Es herrschte große Unsicherheit bei den Anwohnern. In „meiner" Straße waren die Diskussionen und auch das Ergebnis der Stadtbaukommission zerstörerisch. Der obere Teil der Straße vergammelte zusehends und ist erst vor zwanzig Jahren wieder als lebenswert entdeckt worden.

Der untere Teil, der Häuserblock vom Isartor zur Rumfordstraße, wurde von einem Nobelpelzgeschäft aufgekauft. Meine Mutter musste damals ausziehen (ich war schon weg). Die Häuser wurden größtenteils abgerissen und mit einer geänderten Nutzung wieder aufgebaut.

Aufbauzeit auch im ländlichen Raum. Die Verbindung zum Bauernhof in Ismaning, zu meiner Oma, zu Onkel und Tante auf dem Hof, vor allem aber zu meinen Cousins und Freunden aus der Nachbarschaft war lebendig, ein Stück Heimat. Dann starb die Oma, die Pferde wurden abgegeben, Onkel und Tante starben, der Bauernhof wurde abgerissen – aus.

Kein Einzelfall.

Diese Situation und Problematik war und ist im Land überall anzutreffen. Das Land Bayern ist seit Anfang der Fünfzigerjahre im Wandel – vom Agrargebiet zum Industriestandort zum Technologiestandort zum Hochtechnologiestandort und gegenwärtig zum Reservoir für Innovationen, für Global Player. Aus den Dörfern

wurden Hochtechnologiezentren, auf den Äckern wurden inno-
vative Unternehmen und Forschungseinrichtungen angesiedelt.

*Diese Entwicklung hatte ihren Ursprung in der Entscheidung, in
Garching auf gleicher Höhe wie Ismaning, jedoch auf der anderen Seite der Isar, einen Forschungsreaktor zu erstellen. Nun, der
wurde damals bei der bäuerlichen Bevölkerung durchaus kritisch
bewertet. Nachfolgend wurde festgestellt, dass wegen der Strah-
lung aus diesem Reaktor das Kraut und andere Feldfrüchte nicht
mehr in der gewohnten Menge zur Ernte gebracht werden konnte.
Bald änderte sich aber die Bewertung, der ersonnene, geringere
Ernteertrag wurde sehr schnell und nachhaltig durch die enor-
men Erlöse beim Verkauf des Ackerlandes für das erforderliche
Bauland ausgeglichen.*

*Im Zusammenhang mit dieser Strukturveränderung im ländlichen
Raum wurde aus meiner Erinnerung auch das Erbrecht angespro-
chen – ohne nachfolgende Änderungen zu bewirken.*

*Die Erbfolge des elterlichen, bäuerlichen Anwesens in Ismaning
war bereits eine Generation vorher geregelt worden. Die damalige
Gesetzeslage war eindeutig – der älteste Sohn übernimmt den Hof,
die anderen werden angemessen ausgezahlt, ohne die Wirtschaftskraft des Hofes zu gefährden.*

*Es sind zwei Themen, nämlich die Erbschaft und die Erbschafts-
steuer.*

*Letzteres wird von den Volksvertretern und den Beamten aus-
geklügelt. Die Erbschaftssteuer kann der Ruin eines jeden Fa-
milienbetriebes (nicht nur bei der Landwirtschaft) sein. Die
derzeitige Regelung gefährdet die Wirtschaftskraft und die
Arbeitsplätze.*

*Wie ist es aber, wenn der Betrieb aus anderen, privaten Gründen
aufgegeben wird?*

Parallel zum Wiederaufbau fand eine „zweite Zerstörung der Stadt" statt. Eine eindrucksvolle Dokumentation findet sich im gleichnamigen Bildband von E. Schleich. Es wird einiges angekreidet, was noch alles voreilig abgerissen wurde. Wenn aber einer wie ich, zwar damals noch klein von Gestalt, viele dieser Fassaden und deren Bruchstücke kannte, bekommt man im Nachhinein Verständnis für die einzelnen Maßnahmen. Der Aufschwung in der ersten Zeit, so wie er sich in späteren Jahren ergeben hat, war einfach unvorstellbar. Es war auch kein Geld verfügbar, die Ruinen gegen Wasser, Frost und Wind zu schützen.

Den Wiederaufbau hätte ich mir auch etwas anders vorgestellt, jedoch hier geht es primär darum, sich noch ein Bild, eine Bewertung und auch Alltagsszenen wachzurufen.

Die Wiederaufbauzeit beschränkte sich in der ersten Phase bis zur Olympiade 1972 auf die Beseitigung von Spuren, Beschaffung von Geschäfts- und Wohnungsbauten sowie auf den Bau funktionsfähiger Verkehrswege und -systeme und einer Infrastruktur. Nachfolgend wurde die Stadt erstaunlicherweise von den Fremden wieder entdeckt. Vielleicht waren es aber die Menschen in der Stadt, die unausgesprochenen Werbeträger, die Lebensart – hier passt nicht der amerikanische Ausdruck „way of life".

Ein wesentliches Kapitel für den Wiederaufbau war und ist der Denkmalschutz und die Restauration. Nahezu alle Kirchen, Palais, bürgerliche und adelige Gebäude mit Geschichte und baulichem Charakter waren zerstört. Nur eine kleine Kirche, die Dreifaltigkeitskirche im Zentrum in der Prannerstraße, blieb verschont. All die Bauten, mit denen München leuchtet, sind Kopien. In manchen dieser Gebäude ist in einer Ecke eine kleine Bilddokumentation vorzufinden. Dies ist mir zu wenig, denn es ist zu beobachten, dass sowohl Münchner als auch Fremde durch die Stadt hasten, selten den Kopf heben, um eine Fassade oder in einer Kirche Kultur und Geschichte aufnehmen. Sie verschwinden in den luxuriösen Einkaufstempeln und werden anschließend in einem von

Marketing-Managern auf Münchner Lebensart getrimmten Lokal aufs Highlife eingestimmt.

In den letzten Jahrzehnten wurde noch einiges aus einem falsch verstandenen Sozialismus zerschlagen. Der Konsum ist dominant, es ist der Motor fürs Highlife. Ein Buchtitel ist mir aufgefallen „Was man in der Welt nicht kaufen kann" – schon ungelesen zum Nachdenken.

Viele Steuergelder sind in die Restauration geflossen und diese mussten zuerst von den Volksvertretern genehmigt werden. Viel privates Geld wurde gesammelt, beispielhaft: der „Verein der Freunde des Bayerischen Nationaltheaters". Vielfach hört man von den interessierten Besuchern unserer Kulturtempel: „Was die damals gekonnt haben." Erstaunlich und bewundernswert ist die handwerkliche Ausführung der wiedererstellten Residenzen und Kirchen. Viele Restauratoren, Stuckateure, Schreiner, Freskenmaler, Handwerker aus unserer Nachbarschaft waren am Werk. Die Zeit des Barock und des anschließenden Rokoko war eine Periode von etwa hundertfünfzig Jahren, der gleiche Arbeitsumfang wurde in den Jahren 1970 bis 2000 bewerkstelligt.

Fotos aus „Ruinen Jahre"

Die Bilder zeigen das Stadtzentrum, bereits geräumt und dennoch schaurig genug. Es werden keine Szenen und Bilder gezeigt, wie es unmittelbar nach den Angriffen in den Häusern und auf den Straßen ausgesehen hat.

Die Bilder sind aus dem Stadtarchiv bzw. aus dem Bildband „Ruinen-Jahre" von Richard Bauer. Dieser Bildband ist leider vergriffen. Es ist sehr bedauerlich, dass das Kulturreferat der Stadt München dieses Werk nicht neu auflegt. Derzeit (2012) findet man im Stadtmuseum eine Ausstellung über die NS-Zeit in München. Es wäre ein Paukenschlag gewesen, nochmals das Führerwort plakativ darzustellen: „Ihr werdet in zehn Jahren diese Stadt nicht wiedererkennen" – und darunter ein Ansichtsexemplar „Ruinen-Jahre" zu legen.

Bei denen, die diese Situation erlebt haben, läuft zu jedem der Fotos aus diesem Bildband ein Film ab. So versteht sich diese Niederschrift als Drehbuch zum Bildband.

Ostseite des Marienplatzes und das Tal (mit Heilig Geist Kirche)
zum Isartor – 1946

Schuttkippen auf meinem Schulweg am Jakobsplatz,
dahinter das zerstörte Stadtmuseum – 1946

Stadtbach an der Baaderstraße – 1946

Rückkehr von Evakuierten nach München – um 1946

Behelfsläden in Pfahlbauweise am Isartorplatz – 1946
(Blick vom Balkon der Nachbarn)

Klassenzimmer – 1946

**Meine Welt in den Vierziger-
und Fünfzigerjahren.**

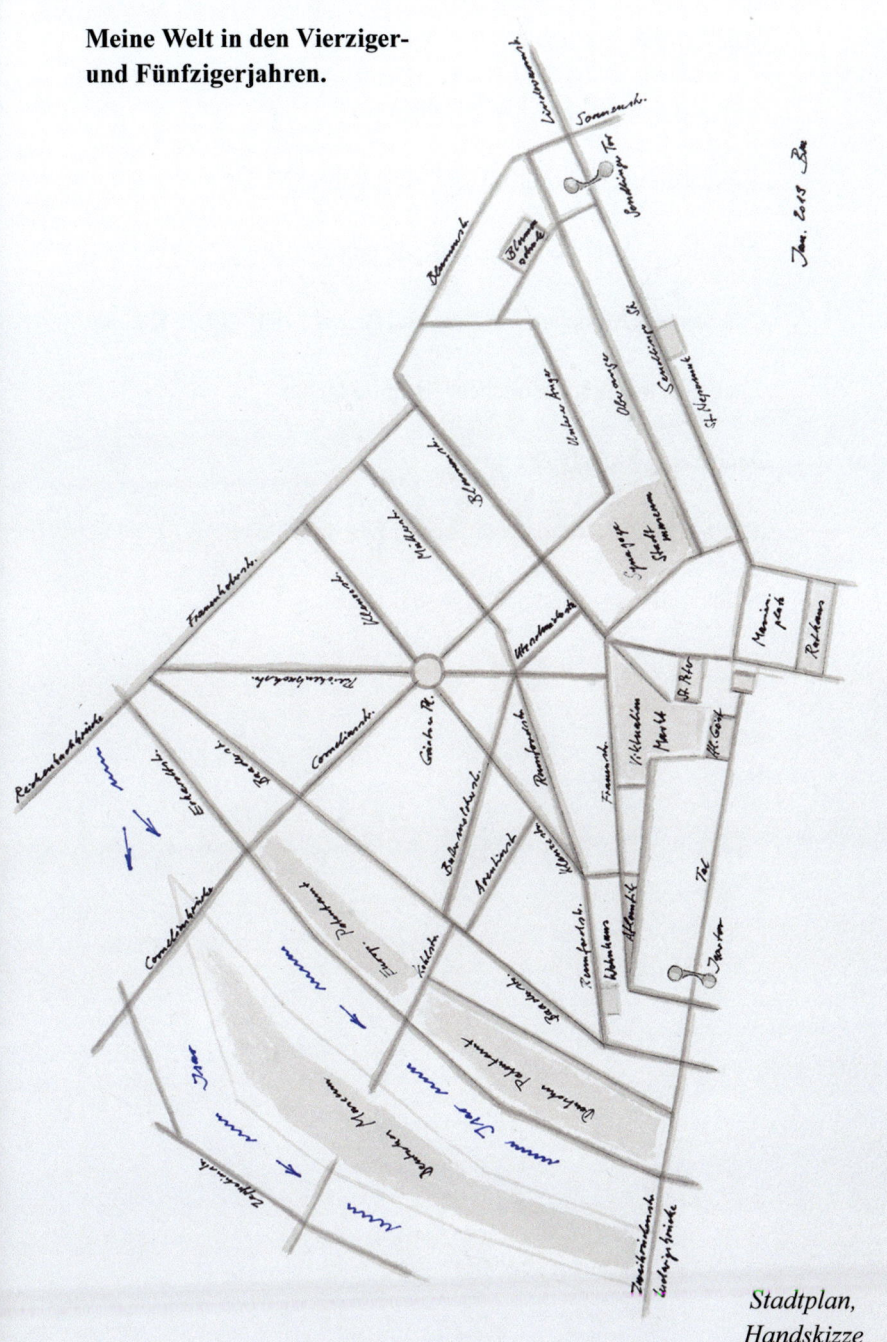

*Stadtplan,
Handskizze*

Quellenangaben und begleitende Literatur

Fotos aus dem Stadtarchiv München

„Ruinen-Jahre" , Richard Bauer, Hugendubel Verlag

„München – 1945 bis heute, Chronik eines Aufstiegs", xxxxxxxx

„Aufbauzeit, München – Planen und Bauen", 1945–1950, Katalog

„Tagebuch der Stadt München", Brigitte Huber

„Mao Yee – Münchner Freiheit"

„Die zweite Zerstörung Münchens", Erwin Schleich

„Stadt Penzberg, 28. April 1945, 65. Jahrestag"

Nachwort

Die vorige Schilderung ist nicht niedergeschrieben, um bei dem geneigten Leser auf die Tränendrüse zu drücken. Von den Überlebenden dieses Krieges ging es Millionen Bürgern in unserem Land deutlich schlechter als jenen in den geschilderten Schicksalen. Viele haben bereits in der Pogromnacht (1938) in München die Grausamkeiten des herannahenden Krieges erleben müssen. Andere feierten diese gelungene Aktionen mit Champagner im Nobelhotel „Vier Jahreszeiten". Viele Münchner erlebten die Härte des Krieges erst in den Jahren von 1943 bis 1945. Der Krieg wütete aber seit 1939 – in den Ländern und Städten, die von den Deutschen überfallen wurden. Wieder andere (zum Teil vielleicht auch dieselben) sind nach dem Krieg wieder über Leichen gestiegen, um so von Anfang an oben zu stehen.

Und zu allen Zeiten gab es, und so auch gegenwärtig, Personen, die ausschweifend von Event zu Event fliegen, so als müssten sie nie sterben und sie merken erst spät oder auch gar nicht, dass sie nie gelebt haben.

„Am Anfang war das Ende"
(Hans-Günter Richardi)